曙海 作

紅 焰

京城 三千里社 版

紅

焰

一

겨울은 이 가난한──백두산 서북편 서간도 한구퉁이에 잇는 이 가난한 촌락「ᄡᅢ헤(白河)」에도 차저 드럿다。겨울이 차저들면 조그마한 강을 아페끼고 큰산을 등진「ᄡᅢ허」는 쓸쓸히 눈ㅅ속에 무치어서 차듸찬 조븐 하늘을 치어다 보게된다。

눈보래는 북국의 특색이라。「ᄡᅢ허」의 겨울에도 그러한 특색이 잇다。이것이 ᄡᅢ허의 생령들을 괴롭게 하는것이다。

오늘도 눈보래가 친다

북국의 어름쉬게나 거처오는듯한 차듸찬 바람이 우──하고 몰려오는째면 산ㅅ봉오리와 엉칭한 가지ㅅ테 싸혓든 눈이 한써번에 휘날려서 이조븐 산ㅅ골은 ᄲᅮ연 눈안개ㅅ속에들게된다。 어떤째는 강ㅅ골ㅅ바람으로 빙판에 더펏든눈이 산ㅅ봉오리로 불리게된다。이러케 교대적으로 산ㅅ봉오리의 눈이 들로내리고 빙판의 눈이 산ㅅ봉오리로 올리달려서 서로 엇박귀이는 째면 그런대로 관계치안으나 하늬(天風)와 강ㅅ바람이 한써번에부려서 강으로부터 올리달른 눈과 봉오리로부터 내리달른 눈이 서로 부다치고 어울어지게되면 눈보래와 바람ㅅ소리에 ᄡᅢ허의 조븐골작이는 터질듯한 동요를밧는다。

등진산과 아프로신 강ㅅ새이에 게싹지처럼 씨여잇는것이 이 ᄡᅢ허의 촌락이다。퉁트러

쉬 다쉬스호밧게 되지안는집이나마 바틀 따라쉬 어리 커리 호러커엇다。 모다 커단 나

무롤쇠어다가 우불청스자 (井)로 틀을 싸 지흙집인데 여기스사람들은 이것을 「귀틀집」

이라한다。 집웅은 대개 조스집이요 혹은 나무썹쩔로도 떼엇다。 그쌀은 마치 우리 버지 (간도

쉬는 조선을 버지라한다。)의 거룸스집 (推肥舍) 과 가트다。 심하게 말하는이는 도야지굴

과갓다고한다。

이것이 남부녀대로 쉬간도 산스골을 차커드러쉬 사는 조선스사람의 집들이다。 쌔허의

집들은 그러한 조흔 표본이다。

험악한강산 쇠찬바람과 뿌연 눈보래스속에 게딱지처럼 부러쉬 위태위태한 침묵을지키

고잇는 그모든 집에도 언제든지공도가—— 위대한 공도 (公道) 가 어그러지지안으면 언제

든지 쏙 한째는 따듯한봄스버치 지버리라。 그러나 이러케 눈스발이날리고 바람이우지즈

면 그어설구준 집스속에 의지업시 드러백인 넉시들은 자기네로도 알수업는 공포에몸을

부루루떨게된다。

이러케 몸시춥고 두려운날 아츰에 문쉬방은 집을 나섯다。 산산히 흐르러진 머리카락

을 뿌연 상투에 휘휘거더감스고 수건으로 이마를질끈동힌우에 쌉아케 그으른 대패스밥

모자를 쓴다라썻다。 부대처럼 특특한 토수래 (베실을삶어서 짠것이다。)바지 커고리는 언제

입은것인지 쑤러지고 훨루성이되엇는데 바람에 무겁게횟날린다。

『문서벵이 발쒸 갓소?』

문서방은 집신에 들막을 단단히하고 마당에 내려쉬려다가 부르는소리에 머리를돌렷다

펄쩍 문을열면서 쎄가 쇠덕쇠덕한 늙은얼굴을 쎄미는것은 한관쳥(韓官廳——관쳥은 직

함) 이엇다.

『왜 그러시우?』

경긔ㅅ말ㅅ쎄가 그커남어잇는 문서방은 한발로마당을밟고 한발로흙마루를 밟은채 한관

쳥을 보앗다.

『엑 바름두!쒸 엑 흙……』

한관쳥은 모라치는 바람이 아츠러운지 연방 흙흙 늑기면서——

『쒸 일썰 욕을마오! 그게……엑 윗쯴바름이 이런구! 그게 되놈인데 부모두 모르는

되놈(胡人)인데……』

하는양은 경험잇는 늙은사람의 말을 긔피드르라는 어조이다.

『나는 쏘 무슨말슴이라구! 아 그늠이 이번두 그러면 그커둔단 말이오?』

문서방의 소리는 좀 분개하엿다.

눈을 모라치는 바람은 쏘 놉시마당으로 모라드렷다. 그판에 문서방은 바람을 등지고

도라쉬고 한관쳥의 머리는 창문안으로 자라목처럼 움츠렷다.

「글쎄 이 늙은거 말을 듯소! 그늙이 케 가새비 (장인) 를 잘앗겟소! 흥……」

한관쳥은 함경도 사투리로 뇌이면서 다시 머리를 버밀엇다.

「염녀마슈! 조케 하죠」

문쉬방은 더 드를말 업다는듯이 바람을 안ㅅ고 홱 도라섯다.

「그새 무슨 일이나 업슬싸?」

밧가운데로 눈을 헤갈면쉬 나가든 문쉬방은 주춤하고 도라다 보면쉬 혼자 뇌엿다.

눈보래쌔문에 눈도들수 업거니와지쳑을 분간할수 업시되여쉬 집은커녕 산도보이지안엇다.

「그새 무슨 일이 날나구!」

그는 또 이러케혼자 뇌이고 켜고리압쉬플 단단히 염이면쉬 강쪼로 버려가다갸 발을돌

려쉬 언덕 길로 올라섯다. 강어름을 타고 가는것이 쌀으지만 바람이 심하면 방판에쉬 결

쉬가거북하야 언덕길을취하엿다. 하다니든 길이니 짐작으로 걸ㅅ지 눈에 무치어쉬 길

이 보이지안엇다.

언덕ㅅ길에 올라쉬니 바람은 더 심하엿다. 우와하고 가슴을 치어쉬 뒤로 횟득 잡바

질것은 고사하고 눈ㅅ발이 아츠럽게 나를 치어쉬 눈도 들수업고 숨도 바로 쉬일수 업섯

다. 썻썻하여 가는 사지에 억지로 힘을 주어가면쉬 니를 악물고 두 마루턱이나 넘어쉬

「달리소」강ㅅ가에 니르니 가슴에쉬는 잔나비가 뛰노는것갓고 등ㅅ골에는 섬이 흘럿다.

그는 쉬리가 뿌연 수염을 싸스면서 방판을 건너간다。방판에는 개가죽모자 개가죽 바

지에 커단「울레(신)」을 신은 중국 파리 (쐴마) 쑨들이 기단채쑴을 휘ㅅ두르면서

「쑤ー어、쑤ー어、쌱쌱」하고 말을 몰아간다。

「쒀울리 날취 (쿼 조선거지 어듸가나)?」

중국 파리쑨들은 문쉬방을 보면서 욕을하엿스나 문쉬방은 허둥허둥 방판을건너서 놉

다란 바위모롱이를 지나 언덕에 올라섯다。

여기가 문쉬방이 목적하고 온「달리소」이라는 쌍이다。이쌍주인은「인 (殷)」가라는 중

국사람인데 그「인」가는 문쉬방의 사위이다。커편 밧가운데 훔은나무로 울타리를한것이

인가의 집이다。그 밧그로 오룩호나되는 게쌱지가튼 귀틀집은 지팡사리 (小作人) 하는조

선사람들의 집이다。문쉬방은 바위모롱이를 도라언덕에 오르니 산이 쉬북을 가리어서

바람이 좀 줌속하야 좀 푸근한 늑김을 바덧스나 컴컴 인가ーー사위의 집용마루가 보

이고 울타리가 보이고 그 좌우에 가튼 조선사람의집아 보이니 스스로 다리가 움츠

러지면서 거름이 써지엇다。

「익 더러운놈 되눔 (胡人) 에게 딸 파려먹은 놈!」

그것은 자기 스스로한일은 아니지만 어듸선지 이런소리가 귀ㅅ청을 징징치는것 가튼

동시에 개기름이 번즈르하야 피ㅅ발이 올올한 눈을 흥앙하게 굴리는 인가ーー사위의 딸

이 엄득눈아퍼 더올려쉬 그는 발쇠를 돌릴쇠 말쇠하고 주커거렸다. 그러다가도

『여보 룡비 (딸의일홈) 가 왔소? 룡비 좀 대려다 주구려!』

하고 죽어가는 안해의 애원하는 소리가 귀스가에 울려쉬 다시 아플 향하엿다.

『이게 문쉬방이! 또 딸집을 차자 가옵느마?』

머리를 수굿하고 걸스든 문쉬방은 불의의 모욕이나 밧는듯이 억개를 툭 써려트리면

쉬 머리를 드렸다. 그것은 길여퍼쉬 도야지우리를 손질하든 지팡사리꾼의 한사람이엇다.

『네! 아아니……』

문쉬방은 대답도 아니오 변명도아닌 이러한말을하고는 얼른얼른 인가의집으로 향하엿

당은 동리가 모다 나서쉬 자기의 뒤를 비웃는듯해쉬 건눈질도 못하엿다.

여기는 쉬북이 가리어쉬 배허처럼 바람이 십치안엇다. 흐릿하나마 벗도 열게홀렀다.

二

『여보!커인가가 또 오는구려!』

가을 벼치 쨍々한마당에쉬 「쌔」를 덜든 안해는 남편 문쉬방을 보면쉬 근심스럽게 말

하엿다.

『오면 어쒸누? 와도 허는수업쇠!』

두주ㅅ간 아페서 옥수수 썹썰을 발르든 문서방은 긔탄업시 말하엿다.

『익 그 단련을 쓰 어찌 밧겟소?』

안해의 쇠프린 나튼 스르르 흐리엿다.

『참 되눔이란 오랑캐……』

『여보 여긔 왓소』

문서방의 노픈 소리를 주의식히든 안해는 두주ㅅ간 커편을 보면서

『아 오섯소!』

하고 어색한 웃음을 웃엇다.

『에 왓소! 장귀즈 (주인) 잇소?』

지주 인가는 어설픈 웃음을 지으면서 마당에 드러서다가 두주ㅅ간아페 안즌 문서방

을 보더니

『웅 커긔 잇소!』

하고 손ㅅ가락질을 하면서 그 아페가 수캐 처럼 쏙쑤리고 안켓다.

쉬쒼에 긔운 래양은 인가의 이마에 번지르르 흘럿다.

『어듸 갓다 오슈?』

문서방은 의연히 옥수수를 발르면서 하기실흔 말처럼 힘업시 쉬집어 써엇다.

『문쉬방! 그래 오래두 비들 (빗을) 모 가프겟소?』

인가는 분쉬방 말과는 싼킨을 치면서 담배ㅅ대를 쌈지에넛는다。

『허허 어케두 말햇지만 글쎄 곡식이 안된거 어떡하오?』

『안돼!·안돼!곡시기 자르되고 모되구 써가 아르오? 오늘은 바다가지구야 쌔가소!』

인가는 담배를 피우면서 버릐려는 수작인지 성에 평덩 드러안컷다。

『써년에는 쏙 가파드릴쎄 올만 참아 주오!장구재 (주인)도 알지만 흉년이 되여서 되지두안은 이것 (곡식)을 모두 드리면 우리는 어더케 겨을을 나라우? 웅! 자ー써년에는 쏙……하하』

인가를 보면서 넉시업는 웃음을치는 문쉬방의 눈에는 애원하는 비치 훌럿다。

『안되우! 안돼! 룽룽 (모다) 되 주! 모두두만히 만히 부족이오!』

『부족이돼두 하는수 업지 글쎄 쓴허 보시면서 어떡하란말이오!휴』

『어쨰 어부소! 웅 늬듸 어쨰 어부소 마리해! 울리 쌀리듸, 울리 소금이듸, 울리 강쌩이듸……늬듸 이비 (그는 임을 가르치면서) 되 안머거? 어째 어부소? 웅』

인가는 낫비치 검으락 푸르락해서 소리를 고래고래 질럿다。문쉬방은 더 말이 나오지안엇다。

업쎄나 이눔의 소작인노릇을 면하여불까? 경기도쇠도 소작인십년에 겨죽만먹다가 그

것도 자유롭지못하야 남부녀대로 말하나 압세이고 이 쉬간도로 차귀 드럿더니 여긔서도

그녀를 마귀주는것은 지팡사리 (小作人) 엇다。일홈만달럿지 역시 소작인이다。들오든해는

풍년이엇스나 늣게드러와쉬 얼마심사지못하엿고 그 이듬해에는 흉년으로말미암아 일년버

수어먹은것도 잇거니와 소작료도 못가파쉬 「인」가에게 매쌔지맛고 귬년으로밀엇더니 귬

년에도 흉년이엇다。다른 사람들도 빗을 지지 안은바가 아니로되 유독히 문쉬방을 졸

르는것은 읏흉한 인가의 가슴人속에 문쉬방의딸 룡비 (귬년 열일곱)가 걸린까닭이엇다。

문쉬방은 벌쉬 그 눈치를 알아채엿스나 참아 량십이 허락지 안엇다。인가의 욕심만채

이면 밧맥 (一맥은十日耕＝一日耕은約千坪) 이나 단단히 생겨쉬 한평생 기탄이 업쓸것을

모르지는 안치만 무남독녀로 고이 길른딸을 되눔에게 주기는 머리에 벼락이 버릴것가

태쉬 즉으면 그귀 굶어죽엇지 참아할人수업섯다。그는 그런것 커런것 생각할쎄마다 도

로혀 버지 (조선)가 그리웟다。쏘들려도 나쉬자란 자기고향에쉬 쏘들이든 넷날이ㅡ삼년

친의 그넷날이 그리웟다。그러나 그것도 한꿈이엇다。그꿈이 실현되기에는 그녀의 경귀

쪅 기초가 너머도 어주리 업섯다。빈 마음만 흐르는구름에 부처쉬 버지로 보낼뿐이엇다。

『엇재쉬 대다비 어부소 응? 그래 울리 비듸듸 안가파? 창우니!쌔피야 (이눔 쎕썰

인가는 담배人대를 쌍문이에 지르면쉬 이러나안스더니 팔을거둔다。그 것을 본 문쉬

벗긴다。』

방 안해는 낫비치 파라케 질려서 부들부들 떨면서 이편만본다。문쇠방도 낫비치 쌈아

케축엇다。

『자 그러면 금년 농사는 온통되리지요!』

문쇠방의 목소리는 힘업시 썰렷다 마치 종아리채를 든 초학훈장의 아페 업대린 어

린애의 소리처럼……

『부요우(일업다)……룽룽되…모모 모두 우리 가쿼가두 보미(옥수수) 쓰단(四石)、쎄예

(소곰) 얼씨진(二十斤)、쏘미(조쌀)의 빠단(八石)되 유아(잇다)……늬디 자리 알라잇소!

그거 안줘?』

검붉은 인가의 쌍은 성난 독겁의 배처럼 불뚝 불뚝 하엿다。

『남아지는 버년에 갑지요!』

문쇠방은 머리를 뚝 떠러트렷다。

『슴마(무엇?) 창우니 빠피야!』

인가의 억쇠인손은 문쇠방의 떡살을 잡엇다。문쇠방은 가만히 바덧다。정신이 앗질하

엿다。

『에구!장구재…흉웅…장구재…치발 살려 줍쇼!치발 살려주시면 써를 파라쉬라두 갑

겟슴니다。장구재케발!』

문서방의 안해는 브들브들 떨면서 인가의 딸에매달렷다. 그의 애걸하는 소리는 벌서 우름에 떨렷다.

『내 보미 워듸 소금이 낼라! 아니 줫소?아니 줫소?어 어쩨서 아니줫소?』

인가의 주먹은 문서방의 귀人벽을 울렷다.

『아이구!』

문서방은 쌍에 쓰러지엇다.

『윽 에구…웅웅웅…에구 장구재 췌발 췌췌…흙 췌발 좀살려줍소…웅웅』

쓰러지는 문서방을 붓삽든 안해는 인가를 보면서 쌍에 업드려서 손을 부빈다.

『이 상느므샛지(상늠의자식)…늬듸 로포(안해) 워듸(버가) 가쿠가!』

하고 인가는 문서방을 차더니 업대여서 손이야 발이야 비는 문서방의 안해의 손목을 잡아 잴엇다.

『늬듸 울리지비가! 오눌리부러 늬듸 울리에미비(안해)!』

『장구재……췌발…에이구 웅웅』

『에구 엄마!』

집안에서 바누질하든 룡비가 버다럿다. 인가는 문서방의 안해를 사청업시 잘고 자기 집으로 향한다.

『나를 잡아가라! 나를!』

쓸어컷든 문쉬방은 인가의 팔을 잡엇다.

『타마나!』

하는 소리와가티 인가의 발스길은 문쉬방의 불스거름으로 드러갓다. 문쉬방은 걱구러젓다.

『아이구 어머니! 왜 울어머리를 잡아가오? 응응…흙』

룡비는 어머니의 팔목을 잡은 중국인의 손을 불어쓰덧다. 룡비를 본 인가는 문쉬방안해는 노코 문쉬방의 딸 룡비를 삽엇다.

『이 개색기야! 이것 노라……우우흙…아이구 아버지…엄마!』

억세인 장청 인가에게 씨살가티 끌려가는 연연한 처녀는 몸부림을 하면서 발악을 하엿다.

『룡비야! 에이구 우리룡비야!』

『에이구 유…너를 이성에 대리구 와쉬 개가른 놈에게…』

문쉬방의 뷔외는 허둥지둥 달려갓다.

낫비치 파라케 질린 힌옷닙은 사람들은 죽 나와쉬 섯것마는 모다 시치가티 쉬잇슬뿐이엇다. 비펀네멋멋츤 치마스자락으로 눈물을 씨섯다.

의연히 케거름을 재촉하는 벼츠 쉬산우에 누엇누엇하엿다。 압ㅅ강으로 올다오는 찬바
람은 스르르 스쳐가는데 석양에 도라가는 가마귀우름은 의지업는사람의 넉을 호소하는
듯 쳐량하엿다。

『에구 룡비야! 부모를 못맛나서 비몸을 망치는구나! 에구 이눔에 돈이 우리를 죽
이는구나!』

분쉬방의 비외는 그밤을 인가의집 울타리밧게서 새엿다。누구하나 드러다 보지도 안
는데 인가의집에서 비노흔 개들은 두비외를 잡아먹을듯이 지즈며 덤벼드럿다。

이리하야 룡비는 명명 인가의 손에드러갓다。며칠후에 인가는 지금 문쉬방이 잇는 쌔허
에 생날갈이나 잇는것을 문쉬방에게 주어서 그리로 이사식혓다。문쉬방은 별별욕과 애원
을하엿스나 나종에 인가는 자기집 일꾼들을 불러서 억지로 모라비엿다。이리하야 문쉬방
은 참아 생목숨을 끈키어려워서 원수가주는 쌍을 파먹게되엿다。그것이 작년가을이엇다。

그뒤로 인가는 칠ㅅ대 룡비를 밧그로 비보버지안을뿐만아니라 그어버이되는 문쉬방버외
에게도 보이지안엇다。

『룡비는 매일 밥도안먹고 어머니 아버지만 부르고운다』

하는 희미한소식을 인가의집에 갓가이드나드는 중국인들씨서 들을쎄마다 문쉬방은 가
슴을치고 그안해는 피를토하엿다。

이리하야 문쉬방의 안해는 느진녀름부터 아조 병석에 드러누웟다。그는 병석에서 매일

룡비만 부르고 룡비만 보여달라고 졸랏다。그래서 문쉬방은 벌쉬 쉬번이나 인가를차쉬

가서 말햇스나 효과가업섯다。

이번쌔지가면 네번째다。이번은 어떠케 성사가될는지? (간도잇는 중국인들은 조선녀자

를 쌔앗어가든지 조케 사가드라도 밧게버보버지를안코 그부근에게쉬지 흔이 면회를 거

철한다。중국인은 의심이만허쉬 그런다고 드럿다)

三

문쉬방은 울긋불긋한 채필로 「관운장」과 「장비」를 무섭게그려부틴 인가의집 대문아페

섯다。문밧게쉬 쎠다귀를 할튼 얼룩개 한마리가 웡웡지즈면서 달려들더니 이구석 쉬구석

으로쉬 개무리가 우아하고덥벼드럿다。어떤놈은 으르릉 으르고、어떤놈은 쇠리를 뒤스다리

새이에 밧삭끼면쉬 금방 뽈듯이 송곳가튼 니스발을 악물엇고、어떤놈은 대여드럿다가는

뒤스걸음을치고 뒤스걸음을칫다가는 머어들면서 산퀸이 문허지게짓고、어떤놈은 소리도업

시 코만 실룩실룩하면서 달려들엇다。그 여러놈들이 문쉬방을 가운데너코 죽 돌라쉬쉬

각각 쥐멋대로날뛴다。그러지안어도 지금 개쌔문에 대문밧게쉬 끼웃거리든 문쉬방은 이

사면초가를 어더케막으면 조흘지 몰랏다。이러는판에 한마리가 획드러와쉬 문쉬방의 바

자스가랭이를불엇다。

『으악……쉬우듸(개를)!』

문쉬방은 소리를치면쉬 돌멩이를 찻노라고 업더리는것을 보더니 개들은 일시에 뒤로
물러낫스나 다시 덤벼드럿다。

『창우니 타마나가비!(상人소리다)』

안으로쉬 개가죽 모자를쓰고 뛰어나오는 일꾼은 기ー단 호미자루를 두루면쉬 개를 쫏
첫다。개들은 몰려가면쉬도 몹시 지첫다。

문쉬방은 조스집 수수쌍이가 지거분이 널려잇는 마당을지나쉬 왼편 일꾼들잇는 방문
으로 드러갓다。누릿하고 쉬지한 더운긔운이 훅쉰 나틀스칠째 얼엇든 두눈은 쌱연 더
운안개에 스르르 흐리어서 어듸가어듼지 잘 분간할수업섯다。

『윈ᄯᅡ야 랠라마!(문녕감 오섯소)』

『캉』(구들)에쉬 짓거리든 중국인중에쉬 누군지 첫인사를 부첫다。

『에헤 랠라 장구재(주인) 유(잇소)?』

문쉬방은 어색한 웃음을지엇다。어렷든 몸은 차첨녹고 흐리엇든 눈압도 컴컴 밝어졋
다。

『쌍캉바 (구들로 올라오시오!)』

구둘우에서 나는 퇴퇴한소리는 인가이엇다。그는 일꾼들과 무슨 의론을 하든판인가? 짓거리든 일꾼들은 고요히안커서 담배를 푸이면서 호긔심에 번득이는눈을 인가와 문서 방에게 보내엇다。

어느 쳔년에 지흔 집인지? 거미줄이 얼키〜쉰린 쳔졍과벽은 아궁이속가티 섭언데 벽에 부처노흔 삼국풍진도(三國風塵圖)며 춘야도리원도(春夜桃李園圖)는 이리쥐러싯기 고 그으럿다。그으럼과 담배연긔에 쎄여서 눈만 반작반작하는 무리들은 아귀도(餓鬼道) 를생각케한다。문서방은 무시무시한 기분에 몸을부르르떨엇다。

『최예바!』(담배잡수시오)

인가는 웬일인지 쉬투룬대로 곳잘하든 조선말은 하지안코 알아도못듯는 중국말을 쓰면서 담배ㅅ대를 분서방아페 써밀엇다。

『여보 장구재! 우리로포(안해)가 딸(룡비)을 못봐서 죽겟스니 좀 보여주 응...』

문서방은 담배ㅅ대를 바드면서 ㅅ도 컨처럼 애걸하엿다。인가는 이마를 씽그리면서 볼 을쌜럿다。

『쉬게(안해)마지막 죽어가는데 쳘쳔지한이나 풀어야 하잔켓소용! 한번만 보여주! 어서그리우! 내가 룡비를만나면 쇠일쌰봐?...그럴리잇소! 이러케 된밧자에...한번만

......나티나......쉬 죽어가는 쩨에미 나티나 한번 보게해주! 네 쩨발......』

『안돼우! 보내지 모하겟소! 우리지비 문바에 로포 (안해——롱비를 가르치는말) 나

갓소 재미어부소』

배사장을 부리는 인가의모양은 마치 킨당포 주인과 가튼컴이 잇섯다。문쉬방의 가슴

은 죄엿다 아쉽고 안타깝고 슬픔이 어울어지더니 분한 생각이낫다。붓드막에 노흔 낫

을 드려서 인가의배를 왁쿡어노코시펏스나 아직도 햇여나하는바램과 삶에대한 애착심이

그 분을 케어하엿다。

『그러지말고 체발 보여주오! 그러면 버 안해를 데리구 올까? 아니 바람을 쓰여

쉬는……엑 죽어두원이나 석고 죽게 써가 데리고올세 낫만 술쳐 보여주오……비…흙

엑 케발…』

이십년 갓가히 손쉬레서 자기힘으로 기른 자기딸을 억지로 빼앗긴것도 원통하거든

그나마 자유로 볼수수업시 되는것을 생각하니……더구나 그 우악한 인가에게 가슴과

배를 사청업시 놀리는 연연한딸의 버둑거리는 그림자가 눈아페 언득하야 가슴이 쫙

매키고 사지가 부르르 썰리면쉬 주먹이 쥐여젓다。그러나 뒤싸라 병석의 안해가 써오

룸쎄 그의주먹은 풀리고 머리는숙엇다。

『넬리 또 왓소 이얘기 하오! 오늘리듸 울리듸 일이듸 푸푸듸! 만히 잇소!』

인가는 문쉬방을 어쉬가라는듯이 자기몬쉬 캉(구들)에서 써려섯다。

『케발 이리지 말구! 으흑 흑……케케…케발 한단한번만이라두 낫만……으흑흑흑흑응!』

문쉬방은 인가를 따라서 밧그로 나오면서 울엇다。 등ㅅ뒤에서는 웃음소리가 들렷다。

그러나 그 웃음ㅅ소리는 이쩨의 문쉬방에게는 아무러한 자극도 주지못하엿다。

『자- 이게 쩍지만!』

마당에 한참이나 쉬쉬 무엇을생각하든 인가는 백조(白조)짜리 관체(官帖-돈) 석장을

문쉬방의 손에쥐엿다。 문쉬방은 밧지 안으려고하엿다。 더러운눔의 더러운 돈을 밧지안으

려하엿다。 그러나 지금부쳐먹는 밧도 인가의바티다。 잠간새이 분과쉬름에 어리여쉬 퇴기

든 돈은――돈힘은 굶고 헐버슨 문쉬방을 누르지 안을ㅅ수업섯다。 그는 못익이는것처럼

삼백조를 바다너코 힘업시 나오다가

『쥐속에는 룡비가 잇스려니?』

생각하면서 바른편에 노힌 조그마한 집을 바라볼쎄 자기로도 모르게 발ㅅ길이 도로

도라칫다。 마치 거기쉬는 룡비가울면쉬 자기를 부르는것가탯다。 그러나 인가는 문쉬방을

문밧게 써보내고 문을 다다잠것다。

문밧게 나쉬니 친지가 아득하엿다。 발ㅅ길이 도라가지안엇다。 사생을 다토는 안해를생

각하면 아니가든 못할일이고 이울타리속에는 룡비가 잇거니 생각하면 눈ㅅ길이 다시금

울타리로갓다。

그가 바위모롱이 방판에 올때까지 개들은 쫏차나와 지컷다。 그는 케분ㅅ김에 한마리

쩌려잡는다고 얼른 돌멩이를 쩌려죽이고 그사람이 집어들엇다가 작년가을에 어떤 조선ㅅ사람이 어떤 중국사

람의개를 쩌려죽이고 그사람이 주인에게 총마처죽은 일이 생각나서 들엇든 돌멩이를

헛뿌렷다。

도다떠러지는 겨을해는 어느새 강건너봉오리 엉성한 가지쇠테 걸렷다。바람은 좀 자

고 날ㅅ세는 맑으나 의연히 추어서 수염에는 우물ㅅ가처럼 어름보쿠지 컷다。

四

눈옷넘은 산ㅅ봉오리 나무ㅅ가지쇠테 남엇든 붉은 석양벼치 스르르 자최를감추고 먼

동쪽 하늘ㅅ가에 차듸찬 연자지비치 싸르르 돌더니 그마자 스러지고 쌀쌀한하늘에 찬

별들이 내려다보게 되면서부터 어득한 황혼비치 『폐허』의 조분골에 흘러드러서 게싹지

가른집ㅅ속쇠지 흐리기 시작하엿다。

섭언 석가래가드려난 수수쌍퀸정에는 그으른 거미줄이 호눌호눌 수업시 드리이고 빈

대죽인 자리는 수묵으로 대ㅅ넙(竹葉)을 그린듯이 흙벽에 빈틈이업는데 몬지가 수북한

구둘에는 구름ㅅ살개(참나무를 엷게 미러서 결은자리)를 쌀어노앗다。 가마 커텅 바당(부

억)에는 장작개비가 흐러커잇고 아궁이에ㅅ는 범언봉이 훨훨붓는다。

뚝근뚝근한 붓두막에는 문서방의 안해가 누덕니불에 쌔여누엇고 문압과 옷목에는 이

옷집 사람들이 모혀안컷는데 지금 막 「달리소」인가의 집에서 도라온 문서방은 신음하

는 안해의가슴에 손을언스고 안컷다。

등쇼지에 켜노흔 등(삼人더에 겨를 올려서 불커는것) 人불은 환하게 이 실버의 이모

든사람을 비최엿다。

『룡비야! 룡비야! 룡비야!』

고요히 누엇든 문서방의 안해는 마지막 소리를 좀크게 질럿다。문서방은 안해의 가슴

을 지근히눌럿다。

『에구! 우리룡비! 우리룡비를 더려다 주구려!』

그는 눈을 번쩍뜨면서 몸을 흔들엇다。

『여보 왜 이리우。룡비가 지금와요! 금방 올걸!』

어린애를 달래듯하면서 섬쩨가 에쥐분한 안해의억굴을 나려다보는 문서방의눈은 흐리

엿다。

『에구 몸슬늠(인가)두! 커런거 모르는치 하는가? 음!』

옷목에안즌 늙은 부인은 함경도 사투리로 구슬피뇌엿다。

『허 그러게 되눕(胡人)이라지! 그눕덜께 일윤(人倫)이 잇소?』

문아페 안컷든 한관청은 바다 치엇다。

『룡비야! 룡비야! 흥 커기커기 룡비가 오네!』

문쇠방의 안해는 쑥써진 두눈을 모듬더써 친정을 쓰러지게 보면써 보기에 아츠러운

웃음을 웃엇다。

『어듸? 아직은 안어! 여보 웨 이리우? 정신을 채리우 웅!』

문쇠방의 목소리는 떨렷다。

『커기 억 룡……룡비……!』

그는 눈을 더크게 쓰고 두쌤의 근육을 경련적으로 움직이면써 번쩍 이러낫다。문쇠

방은 안해의 허리를 안엇다。 그는 쏘 정신에 착각을 이르켯는지? 창문을 바라보고 쒸

어나가려고 하면써—

『룡비야! 룡비 룡비……커 커기커기 룡비가잇네! 룡비야 어듸가느? 룡비야! 네

어듸가느냐? 응?』

고함을치고 눈불업는 우름을우는 그의눈에써는 퍼런 불비치 번쩍하엿다。좌중은 모진

집승의 아페나 안준듯이 모다 숨을죽이고 손을들엇다。문쇠방은 친신의힘을 써어써 안

해의 허리를안엇다。

『하하하 (그는 이상한 소리를 써여 웃다가 다시 성을잔득써면써)……룡비! 룡비가

커리로 가는구나! 으응…… 커늄이 커늄이 웬늄이냐?」

하면쉬 한참 니를악물고 창문을 노려보더니──

「커 커……이늄아! 우리 룡비를노아라! 커 되늄이 커 되늄이 룡비를 잡아가네!

이늄 놔라! 이늄 목아지를 쌔노홀 이 이」

그의 눈아페는 룡비를 인가에게 쌔앗기든 그쌔가 써올랏는지? 니를 박 갈면쉬 몸

을 번쩍 일어 창문을향하고 쎠다렀다。

「여보 청신을 차리오! 여보 왜 이러우! 아이구! 웅」

쏘차나가면쉬 안해의 허리를 안어쉬 뒤로 쎨어드리는 문쉬방의 소리는 눈물에커젓다。

「이늄아! 이게 웬늄이 날을 붓잡늬? 웅으윽」

그는 두손으로 남편의 가슴을 밀다가도 달려드러쉬 남편의억개를 물어쓰드면쉬──

「이것 놔라! 에구 룡비야 커게 웬늄이……에구구……커늄이 룡비를쌀고 안네!」

하고 몸부림을 탕탕하는 그의 눈에는 피ㅅ발이 쉬고 낫비츤 파라케 질렸다。

이쌔 한관칭겨테안젓든 젊은 사람은 얼픈 니러나쉬 문쉬방을 조려하엿다。 쇠려드리려

거니 쉬여나가려거니하야 밀치고 당기는판에 넘어커쉬 등스불이 섬벅 죽어버

렷다。 방안은 갑작이 깜깜하여지자 창문만 희슥하엿다。

「조심들하라니 읙 불두」

한관청은 등ㅅ대를 화로에 대이고 푸푸 불면서 룩덕룩덕하는 사람들께 주의를 식혓다.

『우우 쌰ー스르륵』

문을치는 바람ㅅ소리가 요란하엿다.

『액 쏘 바람이 나는게로군! 날쎄두 페름(괴상)다』

한관청은 이러케 뇌이면서 등쇼지에 등ㅅ대를 짯쇼 몸부림하는 문서방ㄴ버외와 졈은 사람을 피하여 안것다.

『이것 노아주오! 아이구! 우리룡비가 죽소! 쥐 흉한 되놈에게 쌀려서……엑 쿼 쿼쿼……쿼것봐라! 이놈 네이놈아! 에이구 룡비야! 룡비야! 사람살려주오! (소리를 더욱 노펴서) 우리 룡비를 살려주! 응으윽 에익윽……』

그는 마지막으로 오장륙부가 쏘다지게 소리를 지르다가 검붉은 피ㅅ덩어리를 왈썩 토하면 쉬아프로 걱구러지엇다.

『으윽!』

『응 움직두 하게!』

하면서 여더사람들은 걱구러진 문서방의 안해아페 모혀들엇다.

『여보! 여보! 아이구 정신좀……』

거불거불하는 등ㅅ불ㅅ속에 검붉은 피를 한말이나 토하고 쓰러진 그는 나티 파라케

떨려나오는 문쇠방의 소리는 철반이나 우름으로 변하엿다。

되어서 순ㅅ결이 업섯다。

『허! 잡씽(雜神)이 부텃는가? 으흠 웅! 으흠 웅! 각황케방、심미기、두우멸로구슬

벽……』

여러사람들과가티 문쇠방의 안해를 붓도막에 고요히 누여노흔 한관청은 귀신을 쏫는

경문이라고 발음도 바로못하는 이십팔수를 줄줄읽엇다。

『으응우……흐흫흫……여여보!』

문쇠방의 목메인 우름을 밧는 그안해는 한관청의 쇠루를 경문ㅅ소리를 듯는지 마는

지? 손발은 침침식어가고 나튼 파라케 질렷는데 무엇을 보려고 애쓰든 눈만은 멀거

니 쓰고 그쇠 무엇인지 노리고 잇다。경문을 읽든 한관청은

『엑 인쉬는 늙어가는 사람이 울기는? 우지마오! 이쌔(곳) 사라날쎄!』

하고 문쇠방을 나무리면쇠 문쇠방의 안해아페 닥아안스더니 주머니에쇠 운동첩(어느

쎄에 어더둔 것인지?)을 내여쇠 문쇠방안해의 `、(人中)을 쑥 질럿다。그러나 침침

식어가는 그는 이마도 칭기지안엇다 다시코스구녕에 손을 따어보앗스나 숨ㅅ결은 업섯

다

바람은 우우 쏴—하고 문에 눈을 드리치엇다。 여러사람은 약속이나 한듯이 두려운

비출썬 눈으로 창을바라보앗다。

『으응 에이구! 여보! 굿쎤써 룡녀를 못보구 죽엇구려……잉잉……흑』

문쇠방은 울기 시작하엿다。 그 우름ㅅ소리는 고요한 방안 불ㅅ빗ㅅ속에 바람ㅅ소리와

함께 처량하게 흘럿다。

『에구 못된놈(인가)두 잇는게!』

『에구 참 불쌍한게두!』

五

『흥 우리두 다 그신세지!』

무시무시한 기분에 싸여서 낫비치 푸르러가는 여러사람들은 각각 한마되씩 뇌엿다。

그소리는 모다 갈ㅅ데업는신세를 호소하는듯하게 구슬푸고 힘업섯다。

문쇠방의 안해가 죽든 그 이튿날ㅅ밤이엇다。 그날ㅅ밤에도 바람이 몹시부럿다。 그 바

람은 강ㅅ바람이어서 쇠북에 둘리인 산쎼문에 좁은 바람은 웅쇠도 못하든 달리소 (문

쇠방의 사위 인가의쌍)까지 범하엿다。 쇠북으로 산을등지고 아프로 강건너 노픈 절벽을

대하야 강ㅅ골밧게 터진데 업는 달리소는 강ㅅ바람이 드러차면 쌔질ㅅ데는 업고 바람

과 바람이 부다처서 흙이 회호리바람이 일게된다。이날ㅅ밤에도 그 모양으로 달리소에

는 회호리바람이 일어서 낫가리가 날리고 집웅이 날리고 산ㅅ천이 울려서 혼돈이 배판

할쎄 빙세게나 트는듯한 판이라 사람은커녕 개와도야지도 굴ㅅ속에서 꿈쩍 못하엿다。

밤이 씩 기퍼쓰엇다。

차듸찬 별들이 총총한 하늘아래 우렁찬 바람에 휘날리는 눈ㅅ발을 무릅쓰고 달리소

압강 빙판을 건너서 달리소 언덕으로 올러가는 그림자가잇다。모진 바람이 스치는 쎄

마다 혹은 업더리고 혹은 옷둑 쉬기도하면서 밧비밧비 가든 그 그림자는 게싹지가튼

지팡사리ㅅ집근처에서부터 무엇을 쉬리는지 좌우를 슬밋슬밋 보면서 자최를 숨기고 거

름을 느리게하야 커편으로 도라가 인가의집 노픈 울타리ㅅ뒤로 도라간다。

『으르릉 윙윙』

하자 어느 구석으로선지 개가 한마리 두마리 쎄마리 비마리 나와서 지즈면서 그그

림자를 쏘차간다。그 개소리는 처량한 바람ㅅ소리ㅅ속에 쎄여 홀러서 건너편 산을 즈

르릉 즈르릉 울렷다。

『쌩! 쌩쌩』

인가의 집에서는 개지즘에 홍우재（마적）나 모라오는가 미덧든지 헛총질을 비대ㅅ방이

나 하엿다。그 소리도 산천을 울렷다。그 바람에 슬근슬근 가든 그림자는 휙 도라서서

손에드럿든 보작이를 개아페던컷다。보작이는 러지면서 둥굴둥굴한 것이 우루루 쏘다컷

다。지즈면서 달려오든 개들은 지즘을 쇠트고 거기모아들어서 쇠로 몰고 뜻고 쌔아서

먹는다。그러는 사이에 그림자는 안가의 울타리뒤에 산가티 쏴하노흔 보리ㅅ집ㅅ덤이

에 가서 석냥을 쑥긋더니 뒤ㅅ산으로 올리달른다。

처음에는 바람속에서 판득판득하든 불이 삽시간에 그 산가튼 보리ㅅ집ㅅ덤이에 부텃

다。

『쩌쓰(불이야)!』

하는 고함과가티 사람의소리는 요란하엿다。모진 바람에 하늘하늘 이러서는 불ㅅ길은

어느새 보리ㅅ집ㅅ덤이를 살라버리고 울타리를 살라버리고 울타리안에 잇는집에옴앗다。

『푸우 우루두두루 쏴아……』

동풍이 몹시이는쩨면 불ㅅ기둥은 쉬편으로、쉬풍이 몹시부는쩨면 불ㅅ기둥은 동으로쏠

려서 모진소리를치고 검은 연기를 쎔ㅅ다가도 동쉬풍이 어울치면 축용(火神)의 붉은

혀ㅅ발은 하늘하늘 염염이 타올라서 차듸찬 별――억만년 변함이 업슬듯하든 별ㅅ지

녹아버릴 것가티 검은연기는 하늘을 덥고 붉은비ㅅ촌 깜깜하든 골작이에 차흘너서 어둠

을 기회로 모아드럿든 온갓 요귀(天鬼)를 모라써는것갓다。불을 질러노코 뒤ㅅ숩속에안

겨서 써려다보든 그 그림자――딸과 안해를 일은 분쇠방은

『하하하』

시연스럽게 웃고 가슴을 만치면서 한손으로 꽁문이에 찬스든 독기를 만처보앗다。

읫人동리 사람들과 인가의집 일꾼들은 붐붓는데 모혀들엇스나 모다 어찔줄을 모르고

썰듣고 덤비면서 달려가고 달려올 뿐이엇다。

그러는 사이에 울라리는 물론 울라리人속에 엉큼이 싀잇든 큰집두채도 반이나 타서

쓰러젓다。

이런 불人속으로부터 여러사람이 오고가는 밧가운테로 튀여나가는 두 그림자가 잇섯

다。하나는 커단 장청이오 하나는 젹은 녀자이다。뒤人산숲에서 이것을 보든 분쇠방은

그 두 그림자를향하고 뻐리쒸엇다。그는 흰방지방 뻐리뛰엇다。독살이 잔뜩올나서 뿔비

취 번쬐이는 이두 그림자밧게는 아무것도보이지안엇다。

『으욱 쑥』

분쇠방이 여러사람을 헤치고 두그림자 아페 가섯슬째、아페섯든 장청의 그림자는 쌍에

걱구러젓다。그째는 벌써 분쇠방의 손에 쥐엿든 독기가 장청「인가」의 머리에박혓다。

독기를 노흔 분쇠방의 품에는 어린녀자의 그림자가 안겻다。룡녀가……

그바람에 모혀섯든 사람들은 혹은 허둥지둥 쒸여버리고 혹은 뒤로 잡바쒸서 부르르

썰렀다。룡비도 걱구러 지는것을안엇다。

「룡비야!　놀라지마라!　나다!　아버지다!　룡비야!」

문쉬방은　딸을　품에안으니　이쎄여지　악만찻든　가슴이　스르르　풀리면서　독살이　올닷

든　눈에서　뜨거운　눈물이　떠러젓다。이러케　슬픈중에도　그의　마음은　깃브고　시언하엿

다。하늘과　쌍을　주어도　그깃븜을　밧울것갓지　안엇다。

그깃븜!　그깃븜은　딸을안은　깃븜만이　아니엿다。쿄다고　미덧든　자기의　힘이　철통가

튼　성벽을　문허드리고　자기의　요구를　채울째　사람은　무한한깃븜과　충동을밧는다。

붉人길은──그붉은　붉人길은　의연히　모든것을　태여버릴것처럼　하늘을올랏다。

──一九二六年十二月四日午前六時──

底

流

집압강으로 부려오는 쉬늘한 바람은 잇다금 뜰人가 수수바틀 우수수스처간다。마당가

운데서 구름人발가티 무럭〈 오르는 모기人불 연기는 우수수 바람이 지날쎄마다 이

리커리흐러러쉬 초멸홀 푸른달빗과 조화되는것갓다。

벌쉬 여러 늙은이들은 모기人불가에 민상투바람으로 모혀안커 담배를 피우면쉬 숏업

는 이야이를 시작하엿다。주인김쉬방은 모기人불겨러 신들을 노코 신을 삼는다。김쉬방

의 아들윤길이는 모기人불에 감자를굼는다。

어른이나 어린이나 가물과 장마를 걱정하고 일은새벽 풀곳이슬에 베잡뱅이를 쩌시면

쉬 바테 나갓다가 어두어쉬 도라와 조밥과 된장씌개에 배를불리고 황혼人달 모기人불

가에 안커쉬 이약이하는것이 그네에게는 한쾌락이다。

『날이 넬두 비 안오갯는데』

수염이더부룩하고 이마가 훨렁버서진 늙은이가 하늘을치어다 보면쉬 걱정하엿다。

『글쎄 지낙편에는 금시 비올것갓드니 쏘 벳기는데……』

쉬너살 되엇슬 어린애를안人고 안커쉬 김쉬방의 신산는것을 보든 등이 구본 늙은이

는맛장구를치면쉬 한울을 보앗다。

퍼러케 개인한울에는 조각달이 걸리엇고 군데〈 별이 감을거렷다。

『보리 마당질 할생각하면 비안오는것두 조치마는 조이와 콩 다말나 죽으니…참 한심해쉬』

하는 이마버서진 늙은이의소리는 타들어가는 곡식이 안타까운지 풀씨업섯다。

『오늘 쇠치네 (쇠은몰고기) 잡으라 가니싸 쇠웃소 (沼) 에 물이 쌀말나서 괴기떠리

둥죽어슙데……』

섭어케 탄 감자를 집어버노코 손과입에 검엉이치를 하면서 발라먹는 윤길이는 어룬

들말에 한목끼엇다。

『하여간 이게 싱구럽지 (상쉬룹지) 못한 일이야…… 김도감두 아지마는 (어린애 안은

늙은이를보면서) 웃소불이 좀ー만흔불이오?……』

머리 버서진 녕감은 큰변이 낫다듯이 가래를탁뱃고 담배를썩ㅅ 쌘다。

『하여튼 큰일낫군!우리아바지쎄에두 그물이말으드니 흉년이 들어서 모두 자식으 다

ー잡아 먹엇다드니……』

하면서 무릎에서 쇠불거리는 어린애를 다시 취켜 안는다。

『그물쎄문에』

신삽든 김쇠방은 첫머리를 버다가둑쇠혓다。그는신날을 들에 겹고 힘을응ㅅ쓰면서 죄

엿다。여러 늙은이들은 그것을 보면서 김쇠방이 말하기를 초조히기다렷다。

『그물쎄문에 나래ー는 (뒤에는) 원 세상 (世上) 이 다죽더라두 시장 쉬 박관청 (朴官

廳) 너 논은 다말랏는데두……흥ー!』

그는 너무도 어이업다는듯이 커편에 말업시 안커서 한울만 보는 키쩌은 늙은이를 보

앗다.

『아 실루 오례 논을 푸렷다더니 어씌됏소?』

말조하하는 이마버서진 최도감은 박관쳥을 보앗다。박관쳥은 기맥힌듯이 먹々히 안컷

다가

『올에 이밥 (쌀밥) 만 먹다나문 불일다보갯소—』

『하하하』

박관쳥이 빈쳥거리는바람에 모다웃는다。

『관쳥은 커래 쑬구는 (빈쳥머는) 바람에 걱정이야…… 호호……』

김쇠방은 혼자말처럼 외이면서 신바닥을 신틀人귀에 노코 방맹이로 성々두다렷다。

잠간친묵………

강물소리가 철々들린다。어듸선지 두견새소리가 은々히 흘너왓다。이슬이 내려서 축々

한바터달비치 푸른안개처럼 흘럿다。

우수々…소리가나드니 바람이 모라와서 무럭〳 오르는 연긔를 동쪽으로 모라갓다。

『엑 애해 애헴』

바람에 날리는 연긔가 코에 들어간 박관쳥은 기침을콕々하면서 서편 쪽으로 옴겨안

—(3 3)—

첫다。 이째것 그거 말업시 안첫다가 기첩을 콕々 하면서 훌작 뛰어가 안는것은 원숭

이가탯다。

동리 어린애들은 박관청을 재써비 (원숭이) 영감이라고 부른다

『일은 거커일이 안이야……이래서 달々복가 죽이자는게지!』

김쉬방은 침묵을 깨첫다。

『세상이 이러쿠쉬야 바루 되갯소。 두만강에 떡이둣구 당목이 쏭 슥개 (뒤人지) 되문

세상이 망한다더니』

그 이마 버쉬진 늙은이는 눈을 슴벅하면서 큰일이나 난듯이 말하엿다。

『망해두 어쉬망하구 흥해도 어쉬흥해야지 이거 이러구쉬야 어듸 견듸갯소……글쎄

술두밥대루 못해먹구 담배두밥대루 못커먹는 세상에 살아쉬는 멀하갯소……참우리야

쉬 죽겟스니 또모르겟소마는 이것덜이 불상해쉬……』

김도감이란 녕감은 악질반 한란철반으로 뇌이면서 무릅에 안은 손자를 버려다본다。

쌈질악거리든 어린것은 푸른 달비츨 밧고 고요히 잠들엇다。

『허유사너쳐리 커 간도루 멀쑥하니 ○○가는게 해롭지안치…… (한참 쉰헛다가) 어

쉬 빨리 ○○이 뒤집히구×××이나야하지……』

김쉬방은 신틀과 삽든신을 밀어노코 담배人대를 띌면쉬 모기人불아페 닥아안첫다。

『팬이 시방 젊은아이들은 철을모르고 덤베지만 쉬상이 바투돼두 쩨잇는게지 어듸 그러케 됨메?!』

박관청은 혀를 툭 채엿다.

『아 더 일을말이으 시방 우리늠아두 공부를함메하구 성화를대구 쉬울가쉬 뎅기더니 젠년(前年)에 만쉔지 떡쉔지 부르고 시방 징역을 하지만 어듸 그러케 되겟소! 다 윤이잇는겐데…… 아 홍길人동이며 소대청이 가튼 장수(將帥)두 쩨를 기다렷는데…』이마 버쉬진 녕감은 키돗은 이러한데 쉬상이 모른다는듯이 푸닥거리를노핫다.

이쎄 김쉬방은 집안으로 머리를 돌리고

『야 치예(處女)…거기 보리감지(甘酒)를 좀 버오나라』

한다. 여펴늡은이들은 그소리에 말을 잠간연첫다가 못들은체하고 그대로 이약이를하엿다

『시방두 충청두 게룡산에는 피란가는 사람이 만타는데…청도령이가 언쪠 나오나?』

집도감은 한손으로 어린애를안스고 한손으로 모기불에 담배人불을부친다.

그네들은 그네의힘으로 커항치못하는 자연의 위령을 생각하는쩨마다 알수업는 공포를 늑기고 그공포를 늘길쩨마다 분요하고 괴로운 쉬상을한란한다.

그한란 쇠터는 무슨힘을 안어줄 무슨힘을 무의식쥑으로 바란다. 이것이 그네의 신앙이다. 이신앙이 은연중 그네에게 용기를준다.

『갑산쉬두 날개도든 장쉬낫다는데?』

이마버쉬진 녕감은 신긔한것이나 말하는듯이 눈을 크게 썻다.

이쎄 커편에쉬 득々하드니 쿵々하는 소리가들렷다. 여러사람은 그리로 눈을주엇다. 참아

그늘로 달비치 반이나 밋둥에만 비최인 외양ㅅ간으로 나오는 소리다 그것은 말이 여

물을달나고 구르는소리다.

『야 윤길아 네가쉬 쇠 (牛) 를 쌀을줘라』

김쉬방은 감자를구어 먹다가 맨쌍에 딸을 베고누은 윤길이를 보앗다.

윤길이는 우ㅅ방압 두주ㅅ간엽페 쉬어노핫든 꼴짠을 집어들고 어득한 외양간으로 드러갓다.

윤길이가 들어간 부엌문 (북도는 외양이 부엌과 쉬로니어어잇다. 소여물을 주려면 부엌

으로들어가야된다.) 으로 머리 러부룩한 큰커녀가 조그마한감주 (甘酒) 항아리를들고 맨

발로나왓다. 김쉬방은 항아리속에 쎄여노흔 박아지로 감주을 떠쉬 여러늙은이에게 권하

엿다. 늙은이들은 꿀걱〳〵 마시고 수염을 씨스면쉬

『억 시원 하구나.』

한다 맨나종 김쉬방이 감주박아지를 입에 대는데 어듸쉬

『에구』

하는소리가 낫다. 모다 그리로 눈을주엇다 외양간에 드러갓든 윤길이는 다라나오면쉬

『에구아배 (아버지)! 쇠 눈쌀에 퍼런불이잇소!』

하고 무서운지 뒤를 슬금〈 도라본다.

『막 시레손이 (바보) 가튼늠아야 나는또큰일이나 잇다구! 즘승의 눈이 밤에보문 그

러치 어째 하나』

이마버쉬진 늙은이는 책망을하다가 웃엇다. 부른배를 만지면서 달을처다 보든 박관청

도빙그례하엿다.

『글쎄 장쉬나문 어찌겟소?』

중간이 운허컷든 말은 김쉬방의 입으로 다시 이어지엇다.

『어째?…』

『아 그○○늠들이 장쉬나는 곳마다 쇠말둑을 박아서 못나오게 하는데……커설봉산

에쉬두 쌍속에쉬 장쉬나거라구 밤마다 쿵ㅅ소리나더라오. 그런거○○늠덜이 말둑을 박

앗다뺀늬 피무럿써라는데……』

말하는 김쉬방은 모기가 등에 부텃는지 잔등를 툭ㅅ친다.

『흥 그런게 무슨일이되겟소.』

김쉬방의 말이 끗나자 모든늙은이들은 탄식하면서 달을치어다 보앗다.

난데업는 흰구름조각이 쉬천에 기운달을 가리엿다. 환하든 강산은 어슥하여젓다. 빗나

든 밧들은 수멱을 풀어친것갓다。

흐린달을 치어다보는 여러늙은이의 눈에는 근심이 그득한것이 장차올 세상을 보는것

도갓고 한울에쉬 무엇이 쌔려와 안아주기를 기다리는것갓기도하엿다。

『시방두 어듸 쌔갈량가튼 성인이잇기는 잇스렷마는 소식이업서……』

원숭이가튼 김도감은 담배를 쌜다가 말햇다。그목소리는 어듸든지 무엇이 잇스리라고

밋는어조엿다。

『잇다쑨이오。쌔갈량이며 쟁비며 리순신가튼이가 다잇지만 그러케쉽사리 나쉬겟소?』

하고 김쉬방은 벌거케 타드는 모기人불을 편히 드려다보다가 다시말을이어쉬

『우리「선돌」잇슬쌔에 우리이웃에 무산간도쉬 나온 한사십되는 녕감노친（로파）이

이마버쉬진 녕감은 때를쩝쩌노코 무릅을 안엇다。

『잇구말구……우리두 목도한일인데……』

잇섯는데 그녕감의 셩이 김가가돼쉬 놀 김녕감〜 하는데 자식이 업섯단말이오!

그래늘철에두댕기고 뒤왠（뒤우란）에 칠셩단을뭇고 밤이믄 청환수（井華水）를떠노코

삽년인지 사년인지 자식을빌엇소 어구……』

하고 김쉬방은 애쓰든것이 눈아페 뵈는듯이 이마를 싯기며 특혀를채고 다시

『그쌔 그녕감 노친이 자식쌔문에 애도 쓰더니……그덕인지 쉬덕인지 노친（로파）이

잉태가 잇겟지요! 그런데페름은 (이상한) 것은 얄닉달이 돼두 아이를안나켓지……」

『그게 실후 장신게지』

이마버서진 녕감은 알어마쳣다는듯이 소리 첫다。 김서방은 잠싼 쇠넛든말을 다시이어

『굴쎄 들어보오。 그런데 며츨 어간이나 녕감노친이 쑥뻬여잇다가 나오는데 보니싸

로친은 뚱々하든 배가 쑥써젓겟지!」

하고 김서방은 불써진 담배에 다시 불을부쳐쉬 뻑々쌜앗다。

『아―니 아이를낫는소리두 업시 배가 그러케 써젓단말이오?』

박관청은 이상하다는듯이 물엇다。

『아낫는소리 잇슬세문 펠웁 (이상) 따구 하겟소……』

김서방은 말을이어쉬

『그래 우리가 모두 암만 물어봐야 그 귀 웃기만하구더답을 해야지! 그래 비편네들

은 그로친을 다뻬기고쌰지 보니 젓이 다쌜쑤 뱃가죽이 다 덧더람메!」

하고 눈을 번득하엿다。

『그리쉬는 아이는 아니로구만!」

어린애 안엇든 김도감이 말하는바람에 김서방은 말을쇠녓다가 다시 이엇다――

『그런데 그로친의 동생이잇는데 그양싼 (비편네) 의말을 드르니……」

『그양깐은 엇써케 알떠란 말이오?』

이마버써진 녕감은 신기 한듯이 물엇다。

『낸재(에이구)! 녕감두 감안잇소……어듸 들어 보게……』

엇다。그바람에 모다 조용하엿다。김서방은 담배를 썩썩빨다가

김서방의 말이 토막～ 쇠치는것이 안타가운지 박관청은 이마버써진 녕감을 핀잔주

『그 동생되는 양깐(비편비)은 그날人밤에 거기쉬(그녕감로친의집)자다가 봣단말이

지……밤人중이되니쌰 로친(로파) 자든방에 푸른안개가 자욱이 돌고 집웅에 힘무지

게가 쉬더라오。그러더니 한쪽볼에 별이 돗고 한쪽 볼(뺨)에 달도든 선녀 들이

소리업시 방에 들어와쉬 쉬는데 상(香)내가 코를 소루루질으더라오。』

김서방은 바로 향내가 코에나 드러가는듯이 억게를 웃슥하고 코를중긋하엿다。

『그게 참 장쉬 나는게로군!』

이마 버써진 녕감은 핀잔바든것을 그새 니젓는지 쏘 감탄하엿다。김서방의 말이 이

에미츠니 모다 취한듯이 김서방만 치어다본다。섬에잡바컷든 윤길이쌰자 일어안커서 정

신업시 듯고잇섯다。모든사람의 눈은 무엇을 보는듯하엿다。김서방은 담배를빨면서 무

엇을 생각하는듯하드니 비밀한말이나 하는듯이 어성을 나즉나즉히하야

『그리떠니만 선녀가 하나는 로친의 왼팔아래 자뎅(겨드랑이)이에 손을떠니쌰 원자

댕이가 뭉터지면서 애기가 스르르 나오더라지— (이쩨 모든사람은 빙그레 재밋게 웃

엇다。)애기가 금방나자 로친의 자댕기는 그만 터컷던중 마랏던등하게 아물고 애기는

이써 (곳) 항랑에 목욕을 식히더라오。애기는 말이 애기지 키가 얄아 ㅁ살먹은 아이만치

크고 눈은 쐬쩨진것이 왕바울갓고 귀는 이러케 크고(손을펴서 자기귀에대고눈 크게을

쩌써 그휴비를 버면써) 딸다리 손할것업시 참칠골로 생겻는데 말을 다하드라는데……」

참말 신기한 일이라는 듯이 눈을굽벅하는 김써방의 목소리는 더욱 힘잇섯다。그는담

배ㅅ대를 땅에 노코 기침을하드니 말을이 엇다。

『버려왓든 선녀는……」

하는데 겨러 안컷든 윤길이가 뛰어나가면서

『개똥 (반듸불)! 커 개똥불!』

한다。 모다 그쪽을보앗다。 김써방도 말을 선고 그리를 보앗다。 두주人간뒤 콩방우흘

파란반듸ㅅ불이 갈을一지나간다。

×

개똥! 개똥!

커개똥불!

우리애기

초롱 (둥롱) 삼人자-

개똥! 개똥!

×

윤길이는 불르면서 콩바트로 뛰어간다。 그것을보든 김서방은 어성을노퍼서

하는 바람에 늙은이들은 모다 머리를돌렸다。

『그래……』

『그 나려왓든 두선녀는 애기게 비단 옷을 닙히구 이버 (곳) 무지게를타고 한울로올

나가떠라오。 그리구 세벽이되니싸 애기가 벌덕일어나서』

『아버지 어머니 커는떠납니다。하더라오。』

『어듸루갈싸』

여러늙은이는 약속이나 한듯이 물엇다。 그네들은 함끠 김서방의 이약이에 깃버하엿다

걱정하엿다 김서방은 그대답은 하지안코 커말만하엿다。

『그리구 부모에게 절하더라오。 그러니 그어머니가 울면서『에구버만득자야 네어듸루가

늬 나두가자!』

하고이러나려니싸 그애기는 말하기를

『나는이케 선생을 싸라 ○○산으로갑니다。이케 오래지 안어 세상에○○가 나서 백성

어○○에들겟스니 쿼는○○산에 가쉬 공부를 해가지고 그쩨에 나와쉬 ○○를 평정케

하겟습니다。 그러나 멧달동안은 집으로 쩟먹으려 새벽마다 오겟스니 어머니 우시지마

시오」

「하고 두팔을 쑥펴니 커단날개가쑥 버려지더라오。」

여기쯔지 말한 김쉬방은 숨이 차는지 휘 쉬엇다。여러늙은이들은 김쉬방의 한숨쓰지

재미잇다는듯이 모다얼골에 우슴을 씌고 소리업시 김쉬방의입을 쳐다 보앗다。

밤은 기펏다。마당에는 이슬이 축은이 내렷다。밤이 기플수록 달은 밝고 불소리는

컷다 강으로 오르는바람은 들압바룰스치어쉬 어득한집을 지나 뒷산으로 우수수 올리닷

는다。모기ㅅ불 노흔 쪄는 다시 썹언재가 남고 실가튼 연기가 솔々오른다。

「우리 큰아배 (할아버지) 쪄에두」

하고 이마버쉬진 녕감이 말을쇠집어 버려려고하니까 김쉬방은 말하려고 쓩긋거리든 입

을 다치고 박관큥은 혀를 씩갈기면쉬

「가만잇소。날래 (어쉬) 김쉬방이 이약이를 긋씨오」

록 쏘앗다。그러나 이마버쉬진 녕감은

「가만 가만잇소。내가 만쿼 얼는할게……」

하고 말을뉘려고하엿다。

『에구녕감두 주새두업는게 (주책업다는 뜻)! 그래 얼는 짓(짓) 소! 호호』

하고 이마버서진 녕감의 옷는바람에

『에 짓(짓) 다니? 양반을 몰으고 하하하』

『하하하』

모다 우섯다 옷움이 웃나자 이마버서진 녕감은 입을열엇다.

『우리 클아배쩨두 날개 잇는장쉬가 나서 그아버지가 윤듸 (인두) 루다 쇠켜놔쉬 그만 죽엇다오! 그래 어쉬하오 버말은이뿐이오』

하고 김서방을 보앗다.

『에구 녕감두 싱겁다。그소곰을가지고댕기오』

하고 박관쳥은 이마버서진 늙은이를 보고 다시 김서방을 보면쉬

『그래 그뒤에두 오더라오?』

하고 물엇다

『그래……』

김서방은 말을시작하엿다.

『그래 날개를 펴고 마당에 나쉬더니 온데간데 업더라오! 그리구 그 이튼날부터 새벽마다 닭울쩨면것먹으라 오더라오。』

『얼마나 첫머으라 오래 덩기더랍데?』

김도감은 물엇다。 김쉬방은 머리를 좌우로 흔들면서

『아니……그런데 그런 장쉬가 낫다는말을하지 말나구 곡백번이나 당비한것두 듯지

안쿠쉬리 그장쉬를 나흘째 본 양깐 (비편네) 이 이야이를해놔쉬 그끝 원넘이 그말을

들엇겟지……』

『커런 말할년……』

말질한비편네가 겨러잇스면 담박 쩌려죽일듯이 박관청은 이를악물엇다。

『그래 휴』

김쉬방은 한숨을태산가티 쉬고나쉬

『원넘은 나라에 역적이 생긴다구 장쉬를 잡아 쥐이라구 햇단말이오 그래 사령에게

윤되 (인두) 를 주면쉬 장쉬 첫머을쩨에 그날개를 지지라구 햇단말이야……』

예쌔지 말한김쉬방은 입을담으럿다。 그나려는 취연한 비치 도랏다。

『그래쉬 인재(人才)라는 인재는 다죽이고……이눔에 나라이 안망하구 어쩟겟슴메 글세!』

박관청은 화나는지 가래칭을 배텃다。 말업시 하회를기다리는 김도감과 이마버쉬진 녕

감의 나려는 긴장한 비치 푸른 달비치 어른거렷다。

『빨리〜 하오!』

박관쳥도 궁굼한지 김서방을 재촉하엿다。

『그래 그사령이 윤듸를 벌거케달과 가지고 그집부숯개 (부억아궁이) 아페서 기다리는
데 새벽이 돼서 마당에서 쾅쏘하고 발구르는 소리나 나드니

『어머니!』

하고 부르는 소리가 난단말이야! 그래 그어머니는

『오오! 우리장군님이 왓소!』

하고 문을열어보니까 그장쉬는 마당에 섯는데 큰칼을집고 투구갑옷을 입엇더라오

『빨리 들어와서 귀즈먹어라』

하니싸 장쉬는

『어머니 귀는 이케는 집으로 못오겟습니다。우리집에는 귀를 잡으려고 사령놈이 윤

듸를가지고 잇써서 나는 집으로 못오겟습니다。』

하더라오。그소리에 사령놈은 똥불을쏘구 잡바젓더라오。』

『사령 온즐을 어더케알써?』

『흥그리게 장쉬라지!』

박관쳥과 이마버서진 녕감은 한마듸식 뇌엿다。

그리구서 대문박그로 나가다가 드러와서

『어머니 씨는 이케 ○○산에 들어가잇다가 십년후에 나오겟스니 그쩨에와서 어마니

아버지를 뵙겟슴니다。』

하고는 그만 온데간데 업더라오。그런데 그원님이란 작자는 가만이 잇섯스문 일업겟

는거 그이튼날 그장쉬 아버지와 어머니를 붓드러다가 쎼리구 옥에 가두엇단말이오。그

랫드니 그날밤에 관개 마당에서 큰소리가 나면서 원님은 피를 물고죽고 옥문은써지고

그장쉬어미아비는 간고되 업섯는데 그뒤에는 지금까지 소식이 업단말이오』

이약이를 긋버인 김서방은 담배ㅅ대에 담배를담엇다。달을치어다보고 빙그레 하든 김

도감은

『그늠 그 원님늠 잘되엇군! 그치벌(양화)을 마즌게지! 그렁감로친은 아들(장수)

이 데려간게지?』한다。

『그린장쉬더리 다어듸가써잇슬가?그런사람낫는 사람은 젼생에 죠흔일을 만히한게야?』

박관쳥은 말햇다。

『여부잇소!다덕을 닥가야 그런아들을 낫는게지……그리구 그린장쉬더리 쌕두산이나

게룡산가던데야 잇게지만 쎄가 안되구사 나오겟소!』

김서방은 모든것을 자긔혼자나 아는듯이 말햇다。

『나오기는 어느쩨든지 나올걸? 에구 어서 나와서……』

이마버서진 녕감은 말쇼를 뚝 언허버린다.

『나오구말구! 하지마는 다 쪄잇는겐데……시방 시속사람들은 팬히 위야하고 우리

네××이나 거귀가믄 소용이 잇쇠야지……다쪄가돼쇠 장쉬가나야지!』

집도감은 무릎에쇠 자는어린것을 버려다보고 달을치어다보면쇠 시속을 한란하고 새

○을 기다린다는듯이 말하엿다.

『이케 보오마는 쪄는 뚝잇슬게오!』

미래를 보는듯이 힘잇게말하고 달을쳐다 보는 김쇠방의 눈은 빗낫다 다른늙은이들도

신비로운 꿈에 쎄인듯이 안귀쇠 달을쳐다보앗다. 그눈은──달빗바든 그늙은눈은

다가티 달속에쇠와 한울우에쇠 무엇을찾고 그윽히빗는듯이 빗나고 의염잇게 보엿다.

푸르고 놉고 넓은 한울은 의연허더지를 더펏다. 그쇠쪽에 걸린달도 의연히 신비롭게

비최엿다. 뒤ㅅ산과 압벌에 살근히 흐르는 안개는 철철철 소리치는 강우호로 몰렷다.

노픈한울 푸른달아래 엉긴 안개속에는 무슨큰거령(巨靈)이 그윽히 숨은듯이 뵈엿다.

뜰압바틀 우수수 스쳐오는 바람ㅅ결에 산새소리가 두어마되들렷다.

붉은이들은 여긘히 도라갈것을 닛고 말업시 안귀쇠 강안개와 푸른달을본다. 그모양은달

과 하늘에 말업는 기도를 드리는것가티 침묵한 속에 그윽한 위엄이 흘럿다.

──丙寅六月二十三日──

葛藤

— 某智識階級의 手記 —

봄날가티 따스하고 멸자리가티 폭은한 기분을 주든 일은 겨울 어떤날 오후이엿다.

일人주일컨에 우리집에서 떠나간 어멈의 엽人서를 바덧다.

이날오후에 사에서 나오니 문人간에 배달부가 금방 섹리고간듯한 편지석장이 노엿는데 두장은 봉서이엿고 한장은 엽人서이엿다. 봉서중 한장은 동경잇는 어떤친구의 글씨엿고 한장은 내 손을거쳐서 어떤 친구에게 친하라는 가서 (家書) 이엿다. 남어지 엽人서 한장은 써눈에 대단 쉬울른 글씨엿다. 수신인란에 「경성화동번지 박춘식씨 (京城花洞百番地 朴春植氏)」라고 써일홈과 주소 쓴것을 보아서 내게 온것이 분명한데 엇이 무딘 모필에 잘갈지도안은 수먹을 쳐오 성자 (成字) 한글씨는 보두룩새 쉬울럿다. 나는 이순간 묵은기억을 밟다가 문득 머리를지나는 어떤 생각에 나로도 알人수업는 씽소와 가티 엷은 불쾌한 감정을 늑기면서 발人신인란을 다시 자세 보앗다. 그것은 벌쉬 일년이나 잘어오면서 한달에 한두장人식 밧는 어떤 빗쟁이의 독촉엽人서 글씨가 지금 이엽人서 굴씨와가티 쉬울른 솜씨인 싸닭이엿다.

「함북××읍내 김씨방 홍성녀 (咸北××邑內 金氏方 洪姓女)」

이것이 발人신인의 주소와 성명이엿다. 이것을 본 나는 직각쩍으로 그누구에게서 온 편지인것을 늑기는 동시에 이편지와는 사촌人격도 안되는 편지를 생각하고 불쾌를 늑기면서 혼자 말초신경쓰든것을 써스스로 입人슐을 살근이 물면서 찬우슴을 치지 안을수업섯다.

『여보 시골간 어멈이 편지햇구려!』

나는 좀 반가운 음성으로 겨레 선 안해를 보면서 뇌이고 다시 엽서에 눈을 주

엇다. 내손에 취인 엽서쓰는 어느새 뒤집히엇섯다.

『웅 어멈이 편지 햇소!』

안해의 목소리는 의외의사사탐에게서 의외의반가운 소식이나 바든듯이 깁브게 가늘

게 썰렷다. 나는 그 말대답은 하지안코 편지사연을 읽엇다. 안해도 부드러운 시선을

고요히 편지에 던젓다. 이래서 두사람의 비눈은 소리업시 편지를읽엇다. 사연은 극히

간단하엿다.

『쉬방님 기체 안녕하십니까. 아씨도 안녕하신지요 어린애기는 소녀가 떠날쩨에 몸

시 알턴니 지금은 다 나엇는지 알고키합니다. 소녀는 쉬방님이 지도하신 덕택으로

무사이 와쉬 잘잇습니다. 이곳 댁도 다 안녕하십니다. 소녀의 손으로 쓰지못하는

글이 되와 이러케 문안이 느컷사 오니 용서하옵시고 쌔쌔 쉬방님 내외분 기체 안

강하옵소쉬. 쇠르로 대단 황송하오나 어린애기의 병이 어쩐지 알게하여 주옵소쉬.

이것이 그 사연의 젠부이엇다. 역시 무딘붓에 수먹을 쐬어 쓴 쉬투른 글씨엇다. 그

것도 잘게 쓰느라고 어쩐자는 획과획이 어울어커쉬 「사」ㅅ자인지 「자」ㅅ자인지 알기

어려운자도 잇섯다。또는 물론 틀린것이 만헛다。이것을 읽은 내가슴에는 엷은 애수의

안개가튼 구름이 가볍게 돌엇다。거츠른 겨울이엇만 이날은 아츰부터 봄가티 따스해서

설면자(雪綿子)가튼 기분이 사람의 혈관을 씻르는 탓도 업지안어 잇겟지만 그 엽人

쉬 한장이 내게던지는 기분은 부드럽고 가볍고 불쾌가업는 동정의 애수이엇다。

그는 나와 무슨 인연이 잇섯든가? 그는 「어멈」 나는 「상전」으로 이생에쉬 다만 며

칠이나마 부리고 부리이지안으면 안될 무슨 업원이 퇸생에 얼키엇든가? 사람들은 모

든것을 자기손으로 지어노코 그에대한 찬사랄싸 그에대한 허물이랄싸를 업원이니 인연

이니하야 퇸생 후생으로 돌리려고 하는것이다。나는 그를 보낸뒤에 나뿐만 아니라 우

리 식구들은 퇸부가 어멈의 이얘기를 두어번 하엿스나 그것은 한 지나치는 십사푸리

에 지나지 안엇섯다。그에게쉬 편지가 오리라고는 물론 꿈도 꾸지안엇든 바이엇다。그

러든 「어멈」에게쉬 편지가 왓다。그와 나와 아조 관계를 썬어버린 오늘쏘지도 그는

역시 내게 보내는 글을 「상전」에게 올리는 글이나 마찬가지로 황송스럽게 공손히 썻

다。더구나 어린것의 병을 못써지 물은것을 읽는째 또 읽고나쉬 생각하는째 내 가슴

에 피어올으든 엷은안개는 맑은물에 써러진 쌀쯤물가티 점々 무게를더하야 피부에 슴

여들엇다。나는 새삼스럽게 일人종의 동정人죄 측은한 정을늑것다。

호랑이도 제 색기를 귀엽다면 물지안는다는 말과 가티 나도 내아들을 귀여워하고 내

몸을 상퀸가티 밧드러주는 쌔닭에 미움든 어먹이 불시로 고아지고 측은히 녁여지엇는

가? 그런것은 아니다。 물론 이쌔의 내 심리를──중산게급에서 방황하는 내 심리를

메리한 해부도로쌔 쪼긴다면 그속에는 자기 찬사들인 이에게 대한 깃붐 쯔는 그 깃붐으로 말

미아마 나오는 찬사들인 이에게 보내여지는 동정이 다소 잇슬것은 사실일 것이다。 그

러나 그것보다도 지금의 내 맘을 지배하는바 그 동정 그 측은은 그의 질소한 성

격 순박한 마음에대한 그것이요 그 마음 그 성격이 그 성격과는 아조 반

대되는 환경의 거츠른 물스결에 씻기고 씻겨서 아름답고 부드러운 그성격의 올올은

나날이 거츠러갓것만 그것을 의식치못하고 오히려 모든것을 밋고 밧드는 어린양가튼

철업는 어멈에 대해서 사람으로서 누구나 가지게되는 동정이요 측은지심일것이다。 만일

그와 처지를 가티한이가 이모든것을 보앗다면 그에게는 동정과 측은외에 게급스쯱 의

분쌔지 셜엇슬것이다。

『쉬방넘 안녕이 게십시요!』

그에게 자리를 잡어주고 차에서 쒸여내리는 내 등스뒤에서 마지막 지르는 그의 셜

리든 가는목소리가 다시금 들리는것갓다。 그 쉬투른 글씨조차 순박한 그가 조심 조심

쓴것가티 늑겨커서 쌔긋한 시골처녀의 글씨에서 밧는듯한 다분하고 부드럽고 경건한

감촉이 내 손쌔락쯔를 통해서 내온몸에 미약한 전력가티 퍼지엇다。

나는 커녁 연기가 마루에 어리는것도 쇄닷지 못하고 황혼비치 버리덥히는 마루에 걸터

안즌채 머리ㅅ속에 떠올으는 지나간 날의 기억을 한가지 두가지 고요한 속에서 뒤컷다.

◆

그 어멈이 우리집에서 떠나간것은 바로 컨주일금료일 이엇섯다.

우리집에서 「어멈」을 부리기 시작한것은 금년느진가을부터이엇다. 처음 혼인하고 두

양주만 살쌔에는 「어멈」이라는것은 숨에도 생각지안엇섯다. 생각한대야 그쌔는 처음보다

수입이 적은쌔이라 소용도 업는 일이지만 예산이 넉넉하다 하드라고 「어멈」이런 듯도

보도 못하든곳에서 잔쌔가 죽은 나로서는 「어멈」부리기가 거북스러웠다. 내게 아모러한

의식이 업드라도 이십여년이나 무커준 인습과 관념을 벗으려면 힘이 들터인데 나는

행이든지 불행이든지 자연 주의의 개인사상에 감염이되어서 내 팔과 내 다리의 힘이

미철수 잇는것은 남의힘을 빌지안으려고 노력한것도 어느새 나의 한 철학이 되여서

내생활을 지배하게되엿다. 둘어버노코 말이지 나는 오늘까지도 켸가 씻은 쇄수人불까지

남의손을 빌어서 하수ㅅ구멍에 버리려는 귀족적 자켸들에게 호감을 가지지못하엿다.

그러타고 내자신은 칠人대 그러치 안으냐 하면 그런것도 아니다. 나는 하로도 멋번人

식 내자신의 행동과 언어에서 그러한 귀족적 냄새를 맛는다. 그것은 내가 맛는다는것

보다도 마러진다. 이 냄새가 내 코에 마러지는 그순간 나는 내 자신싸지 얄미웁게생

각된다。 이러케 나는 모든것을 객관사뎍으로는 여지업시 보면서도 주관사뎍으로는 나로

도 물으게 삼십년 갓가이 무뎌뎌 오는 내 게뎌의 인습과 관념에 쓸린다。 내가 처음

「어멈」을 부리지 안은것은 이러한 내생활의 모순과 갈사등도 그한 원인이 되엿슬것이

다。 그것이 칠사뎌치는 못하나마……

쓰도 어떤째에는 어멈을 부려볼外하는 생각이 나다가도 주인사집의 구진소리 조흔소리

를 함부로 박게내는 그비의 임이 내외생활의 뎌해볼가티 늑겨뎌쓰 그만 주춤햇버리고

만쓰도만타。 뎌 허물을 몰으는 세상사사람들은내외간살림에 무슨 비밀이 잇스랴 생각

하겟지만 밤은 굴머도 양복은 입어야하고 의복을 쥔당에 너쓰라도 극사장의 위사층을

잡스고안커야 궁뎅이가 편한듯이 (실상은 편한것도 아니지만) 거드름 뒤련일에 쓴질쓰쓰한

우리네 생활사속에 어쓰 추래가 업기를 보증하랴。 이런일 뒤련일에 쓰리사겨쓰 어멈을

부리지안코 지나는 동안에 우리내외는 째로는 어멈 아범이 되여쓰 아범이 불을째면

어멈이 밤을 안치엇고 째로는 상쥔이되야 유난히빗나는 쥔기사불알대 밥상을 가운데노

코 마조안자 쥐사락질을하엿다。 이러케 일년사동안이나 쇠을어오는째 돌오혀 그속에쓰

일사좀 쾌락을늑겻다。

『여보 인케 겨을도되고 김장도 해야할렌데 우리도 「어멈」하나 부려볼外?』

이것은 작년 느진가을 어떤날 내가 안해를보고 한말이엇다。 그째부터 나는 너름보다

바써서 조곰도 거들어주지 못하고 빨래、밥、바누질、다드미、섭지어 쌀파라드리는것싸지

안해가 도마타 하게되니 약한몸에 병이나 나지안할싸하는 걱정으로 안해의 동의만 잇

스면 어멈 하나 둘생각도 업지안어 잇섯고 설령 못두게된대도 아씨에게 대한 쉬방님

의 위로로 그위 잇술人수업서서 한말이엇다。

『별말쏨 다하시우 그럭쥐럭 지내지! 그런 돈잇스면 나주시오 싸로쓰게! 지금 밧

부지도 안으는데……』

안해의 대답은 아조 그럴듯 하엿다。나는 청색으로하는 이 대답을 미덧다。어느쌔나

변치 안으리라고……

그러나 모든 결人십과 미듬은 머리를 숙이고야말엇다。밋기도 어렵고 안밋기도 어려

운것이 사람의 마음이다。몽클린다면 강철덩어리보다 더굿세게 몽클리지만 한번 풀리기

시작하면 게집애의 청조와 가튼것이다。게집애의 청조란 처음 헐리기 어려운것이지 한

번 헐리면 뒤가 물러지는 것이다。더구나 모든 생활人조건이 결국은 사람의마음을 정

복하고야 마는데야어쯔랴。처음은 「어멈」이라면 루대업원을 등에 질머진 요마나가티 실

혀하든 우리의 마음은 어떤 아른한 확실히 무에라고 집어서 말못할 기분과 쏘 밧본

주위에 청복되고마랏다。작년人겨을부터 금년 봄싸지 우리집에는 식구가 세시나 더불엇

다。한분은 딸을못쓰는 늙은이요、하나는 중학교 단니는 게집애요 쏘 하나는 남산가티

불어올랏든 안해의 배가 김싸진 풋볼가티 스러지는째에 빽々 울고나타난 「밝아숭이」이

엇다。 이러케되니 식소사변으로 손이 그립게되엿다。 그런대로 씻긋씻긋 참다가 금년사가

울부터 어머을 두자는 어머니의 동의와 안해의 재청에 나도 이의가업섯다。

◆

결의가 웃난 이른날부터 안해는 그볼을 느리고 「어멈」을 끌랏다。

「너머 젊으면 싸불고 얄밉고 너머 늙으면 몸을 액기고 부리기가 괴란하니 졉人

지도 늙人지도 안은 중늙은이가 조흘것이다。」

이것이 이웃집 비떤네들 이야기인 동시에 안해의 어멈골르는 표준이엇다。

「우리 일갓집에 사람하나 잇는데 음식人질도 얌친하고 사람도 무던하죠。한번 불러

다 보시죠。」

하는 이우人집 아씨、혹은 침모、혹은 어멈의 구두공친이 잇는째마다 보기를원하면

그날 커녁째나 그이튼날 아츰쩨옴해서 「어멈」당선에 유모자들은 소개인에게 살려서 그

쵸쵸한 모양을 우리집 문人간에 나타버인다。모다 쑥면머리에 쩨숙이 흐르는 치마켜고

리엇다。거게 범人청에 선 죄수나 시험장에들온 어린 학생과가티 장차 버릴심판을 아

십아심 죄여 기다리는듯이 불안한…그리고 좌송스러우면서도 자기를 「쥐줍시사」하는듯한

으슥한 구롬이 그 나레 흐르는것을 숨길人수 업섯다。그중에서도 가시가튼 상친의 눈

아퍼서 달음쎄로 다른것은 문人간에 발을 들여노면서부터 부엌、안人방을 슬금슬금 되

미려보며 코ㅅ잔등에 파리나 기여올으는듯이 듯기에도 간즈러울만치 주인아씨 칭찬、

애기 칭찬에다가 자화자찬까지 느런노면서 췬덕스러운 웃음을 아침 비슷이 벙긋벙긋한

다。좀 수집은편은 명령써리기만 기다리고 붓그러운지 몸을 감우지못해 애쓰는것이 력

력히 보인다。또 어썬이는 주인아씨나 쉬방님이 뜰로 버려가면 마루아래 섯다가 가

장 령리한체 신발을 돌려노키도하고 갓가이 쇠집어 오기도한다。나는 이 모든것을 보

는쩨마다 이마를 쒭흐리지 아니치못하 엿다。어느것 하나 써 마음을 흔들지 안는것이업

섯다。나는 케리다고할까 알흐다고할까 무어라 쏙 집어 형용할ㅅ수업는 쓸알임이 페부

에 숨여드는것을 늑기지 안을ㅅ수업섯다。그 몰인격적이요、굴人종취이요、아유취인 그네

의 행동、언어、표정、웃음은 그네외의 다른사람으로쒸는 누가보든지 상스럽고 얄밉게

보일것이다。하나 그네의 자신은 그것을 늑기지 못할뿐만아니라 그것이 돌오혀 그네의

실낫가튼 목숨의줄을 니어가는 유일한 무기가 될런지도 몰은다。우리가 그네의 무기를

상스럽게 보는것은 우리의 옷게급의 사람들이 우리의 무기를 비렬이 보는것이나 마찬가

질것이다。나는 쎄ㅅ로 이 구ㅅ한목숨을 보킨하려고 도야지 목덜미가티 피등피등한 목

덜미아퍼 쏘그리고 안커서 마음에업는 웃음을 웃고 마음에업는 붓을 휘두르는 우리들

의 그림자를 놓 본다。그 속에는 써 자신의 그림자도 보이거나와 나는 그런것을 늑

기는째마다 스스로 부끄러움과 분노에 싫어올으는 피를 억제치 못한다。그러면서도 그 분노

와 치욕을 씻지못하는 우리들의「삶」까지 얕밉고 더럽다。또 그러면서도 씻긋씻긋 의연히

그러한 무기를 부려마지안홋이 그네들도 그 행동、언어、표정이 그네의「삶」을옹호하는 무기

일것이다。그 무기는 그네가 의식적으로 금시에 배혼것이아니라 그게급의환경이 자연 그

비를 그러케 지배하엿슬것이다。그박게 다른 도리는 그네의 환경이 허락지 안엇스니까…

우리가 우리의 웃게급의 눈박게 나듯이 그네는 우리의 눈박게낫다。그것은 우리나

그네나 다가티 비렬한 놈들이라는 조건하에서……

생각하면 가튼처지엇슬 어찌하야 그네와 우리 새이에는 그음이 그어컷는가。우리는

어찌하야 그네를 끝시하는가。오히려 우리네는 지식게급이라는 간판알애서 가진 회장과

장식으로써 세상을 속이지만 그네들은 표리를속가티 가지고 잇지안은가。그것이 우리보

담도 귀할런지몰은다。나는 이러한 피쩍지근한 검은구름에 머리를 쓰고 가슴을 만치면

쇠도 모아들고나는 그꼴을 그대로 보앗다。보지안으면 금시로 어찌하랴? 이 금시로

어찌하랴 하는것도 우리네의일人종 변명이거니 늑기면쇠도 나는 어쩔人수업섯다。그러케

된지 사흘人되엇다。

「오늘도 셋이나 왓겟지!」

요이삽일간은 커녁상을 밧는째나 잠人자리에 든때에나 으래히 어멈웅모의 경과보고가

안해의 입을 거쳐서 내귀에 들어온다。이날도 사에서 늣게 나와 커녁상을 바덧는데 안

해가 임을일엇다。

『여보 그으듸 귀찬아 ᄶ되겟습듸가?』

나는 밤을 씹으면서 괴로운 웃음을 지엇다。

『그리게 냴부러는 오지말라구 햇쒸요。오면 그커나 가오? 밤쌔지 어더먹고 가려고

드니……』

안해는 쌩알거렷다。

『그게사 배꼽호면 치면이잇늬! 자식도 팔아먹는데…… 그런데 어먼노릇을 하자는게

어쑨게그리도 만호냐?』

경험업는 며누리의 췰몰으는 말을 나불함비슷이 사투리석긴 말로뇌이든 어머니의 말

은쇠레가쉬 모아드는 사람의수효가 뜻밧기라는 탄식으로 마치엇다ᅳ어머『』이란 어쩐것인

지듯도 보도 못하고 사람을 부리자면 구해야 며칠에 겨오 하나 구하나마나하

고 부리면 찍어도 한달에 입먹이고 옷닙히고 돈십원주어야하는 시골쒸 륙십평생을 보

낸어머니가 입이나 겨오 풀칠을 식히고 한달에 삼원이나 사원 준다는데 하로도 이삼

명은 들락날락하는것을보고 놀라는것도 실직이란 게홀러쉬 되는줄로만 아는 그에게 (어

머니) 잇쒸쒸는 당연한 일일것이다。

『어머니는 그런변을 처음보시니 그러써요……』

『흥!』

안해의 말에 나도 코웃음을 첫다.

『야 불쌍하더라。행여나해서 왓다가도 이담에 쓰게되면 알귈테니 가잇스라구하면 쉬

거파하구 나가는것이 씨면한데 (꼭 그러타는 형용사)……』

어머니는 불엇든 장죽을 입ㅅ술에 대고 나케 광경이 보인다는듯이 말하엿다。내 눈

아페는 그 스럽지지안는 그림자들이 쏘 써올랏다。이케나 커케나 죄이고 죄이는 가슴

을 남몰래 마음의손으로 내리 쓸면서 안해의 입ㅅ술을 바라보다가도 『가쉬 잇수! 쓰

게되면 일후에 알릴셰』하는 안해의 소리를 어더케들엇슬까。물론 안해는 부드럽게 말

하엿스리라。그러나 그말이 써러지자 흙비치되야 머리를 써더르리고 들온대분을 다시

향하는 그 그림자에게는 써러지는 그말의 구구절절이 쳔근쳘뢰가티 들렷슬것이다。어느

때나 한째는 그칠뢰에 대항할 힘이 그네의혈관에 흘르럿만 지금의 그네들

은 어찌하는수업다。나는 그런말을 감히 한 안해가 미웠다。안해의 그 입ㅅ술을——내

가 사랑하야 키쓰를 주든 그 입ㅅ술을 이순간의 나의 감정은 씻고십헛다。그 입ㅅ술은

내 눈아페 혐상한 탄환을 쌀는 총아구리쳐럼 써올은 까닭이엇다。나는 나로도 몸을기

분에 쎄여 급한 호흡에 온몸을 떨면서 그환상을 노렷다.

『여보 무엇을 그러케 보우? 응!』

안해의 목소리에 나는 환상의 꿈을 번쩍쌔엿다。

『옹— 아무것도 아니야 흥흥』

나는 석들 웃음으로 막으면서 다시 귀샤락질을하엿다。 얼업는 내 상상이 나로도 우

수엇다。

『왜 그러시우 응?』

안해의 목소리는 엉석이랄까 원망이랄까 그 비슷하게 설렷다。그의 나리는 무슨 불

안을 예감한 사람에게서 볼수잇는 표정이홀럿다。

『왜 누가 뭐랫소? 허허』

나는 역시 밥을 먹으면서 웃엇다。어린애가티 철업는 안해의 입人술을 그러케 상상

한것이 안해에게 대해서 미안하엿다。

『왜 눈을 크게뜨고 숨을 그러케 쉬시우? 오늘은 약주도 안잡수섯는데 왜 그러시

우 응?』

안해는 지난 봄일을 련상하엿나보다。나는지난 봄 어떤연회에 갓다가 술을 량에넘도

록 마시고 집에 돌아온 일이잇섯다。그쎄 머리가 헹하고 가슴이 울렁거려서 인력거人

군에게 부축이되야 방에들어와 안즌채 두눈을 성난놈처럼 치뜨서 안해를 쓰러지게 보

면서 씨근덕 씨근덕 숨을괴롭게 쉬엿드니 어린안해는 놀라고 접나서

『여보 왜 이리시우 응? 여보! 글쎄 왜이리시우?』

하고 울듯이 날뛰엿다。지금 안해는 그생각을 하엿는가? 나도 그 일이 생각나서

북바치는 웃음을 금치못하엿다。

『왜 쯔 봄모양을 할쌰봐 접나오? 하하하』

나는 밥상을 물리고 나안커 담배를 부쳐 연기를 쎯으면서 커다케 웃엇다。

『호호 호—』

안해도 웃엇다。

잠人간새이 웃음이 지나간 방안은 고요하엿다。

기퍼가는 겨울人밤 북악산을 스쳐버리는 찬바람은 북창을 쳐량이 치고 지나갓다。

◇

사흘뒤엿다。

나는 집에서 아츰을 먹고 사에 갓다가 돌아오는길에어떤 친구들께 붓잡혀서 어떤

료리人집으로 갓섯다。휘황한 쵠등人불알에 분내나는 기생의 웃음人속에서 술이얼근한

나는 료리人집 문을 나서면서 새벽 세시치는 소리를들엇다。쌀쌀한 하늘 쉬편에 기우

러진 금음人달은 차고 푸른 비츨 새벽넓에 무친 쓸쓸한 만호장안에 던지엇다。나는 호

화로운 꿈뒤에 밀려드는 엷은 환멸을 늦기면서 안동네거리를향하야 취한 다리를 음겨

노앗다。술스김에도 으리으리하야 무섭히 보이지안는 식산은행 사택골목을 헤쳐어 화동

ㅅ골에 들어섯다。집에 일은 나는 대문을 두다리면서 안해를 불렀더니 안해의 대답과

가티 미다지ㅅ소리가 들리면서 신스소리가 난다。나는 례와가티 대답하고 나오는 안해

가 대문을 열면 술이 몹시 취한척할량으로 나오는 옷음을 참스고 대문에 기더여섯잇

섯다。나오든 안해는문스간에 와서걸음을 멈추는 자최가 들리자 어쩐일인지 오늘은 아

모소리도업시 빗장을 덜썩 쌤으면서 대문을 세ㅡ 걱열엇다。나는 열리는 대문을따라

어즈러운 거름으로 일부러 씰어질듯이 어둑한 문스간에 씰려들면서

『엑 퉤……후……엑치 취해……으우……우우리 마누라가 오늘은 얍껀한데 잔소리도

업시…… 엑 퉤…… 취 취…』

나는 이러케 몸을 간우지 못하고 눈을 거불거리면서 강주정을 펴다가 눈스결에 히

슥한 그림자가 이상스러워서 다시 힐긋 처다보앗다。대문빗장을 잡고 선 사람은 녀자

는 녀자이나 옷모양이라거나 체격이 안해는 아니엇다。나는 어둠에 흐린 그 나를 보

려다가 아츰에 안해에게서 들은「어멈!」하는 생각에 앖작 놀라서 주정은 쑥 들어가

고 두발은 어느새 문스간을 지나 마당에 나섯다。나서자마자

『지금 오시오?』

하고 아페 닥아쉬는것은 안해엿다。 이건 확실이 안해엿다。

『응』

나는 물으는 사람을 아는친구로 밋고 쏘차가다가 그의 나를 보는쩨 처럼 무안스럽고

어이업서 더 주정부릴 용기조차 업시 내방으로 쒸여 들어갓다。 쒸여 들어간 나는 어린

것의 고요히 든잠을 쌔일쌔보아 배를 들어잡고 허리가 쉰허지게 드리웟다。 싸라드러

온 안해는 눈이 둥글해서 영문을 물엇다。

『쉬……하학……호호……쉬……쉬게 허허허……』

나는 입만 버리면 웃음이 홍수처럼 터쉬나올판이랑。 입을 버리다가는 말고 버리다가

는 말고하다가 겨오 웃음을 진정하고 문人간에섯것이 누구냐고 물어보앗다。

『어멈이야요!』

『어멈! 하하하』

나는 어멈이라는 소리에 눈을 크게 쓰다가 다시 웃엇다。 안해는 내가웃는것도 불게

하고 장사동 어떤 친구가 소개해서 대려왔는데 나하도 알맛고 퍽 직읏해 보인다고

설명을하고 나쉬 웨 웃느냐고 쏘 졸랏다。 나는 자초지종 이야기를하엿다。 이야기가 쏫

나기쉰부터 쿠ㅅ하든 안해와나는 이야기를 채 마치지못하고 어린애야 쌔거나 울거나

홍수가티 터쉬 나오는 웃음을 좁은 방안에 흐터노앗다。

이튼날 아츰이엇당.

나는 좀 늣게 일어나서 마루로 나갓다.

「할멈 세수 노우!」

부억압헤 섯든 안해가 부억으로 머리를 돌리면서 소리를 질럿다. 나는 새벽일이 생

「어먼」은 인젠 「할멈」ㅅ소리를 들을 나히엇다. 말업시 웃는 우리버외를 어색하고도 첨

각나서 벙긋햇드니 그것을 본 안해는 엇커녁가티 살ㅅ대엿다. 세수ㅅ물을 떠들고 나온

하는듯한 웃음을 벙긋하면서 처다보는 나테 굵게 주름이라거나 머리가 히득ㅅㅅ

한것은 누구든지 사십넘ㅅ게 불것이다. 쑥버민 광대섄, 하늘을 처다보게된 코ㅅ구멍, 경

럼쯔으로 움직이는 두툴한 입ㅅ술、크고 거츠른 손은 어듸로 보든지 호강스럽게 늙은

이는 아니엇다。 더구나 몸에 잘 어울리지안는 의복은 퍽 서둘러보이는데 배까지 불는

것은 가관이엇다。그몸ㅅ집 그 배 그 둥글ㅅㅅ한 머리가 호강스러운 환경에서 그 항

아리를지고 소타는것가튼 묵소리로 간ㅅ히 호령ㅅ개나 썹으면서 늙엇드면 거틀이엇고

위염이잇서 보엿슬런지도 몰으지만 그것이 「할멈」이 되고보니 도로혀 비둔하고 둔팍해

서 상스럽게보엿다。 그러나 커러나 사십넘은 사람이 아들딸가튼 젊은이들에게 가진 꽐

시를 바드면서도 그 입을 속엄수 엄서서 머리 숙이는것을 보니 가긍스럽기도하고

부리기도 미안하엿다。 나는 우리 어머니도 의지가지 업스면 커모양이 되려니하는 생각

예 잠깐사이 가슴이 스르르하엿다。

『야 그 어머이 음식솜씨를 얌전이 하더라。모양과는 다르던데…… 쉬 육회두 칼질하는것부터 제법이더라』

아츰ㅅ밥 먹든쩨에 어머니는 「어멈」칭찬을 하엿다。

『모양과는 짠판으로 퍽 쌔쌋이 합되라』

안해도 거기맛장구를 첫다。두 고부의 나려는 만족한 미소가 사르르 스치엇다。

이날부터 안해의 손이 돌게되야 어린애의 울음소리도 덜나게 되고 그덕에 나도 신문ㅅ장이나 편하게 보앗다。나는 이제 사람을 부림으로 엇게된 편한 쾌락을 다소간 늑겻다。내가 이럴ㅅ케는 안해야 더일러 무엇하랴? 어린것쩨문에 밤ㅅ잠을 바루 못자고 새벽 일어나쉬 찬물에 손너른 고역이 업섯스니 그의 편한 쾌감은 나의 갑ㅅ질이 넘엇슬것이다。그러나 그것이 컴컴 버릇이되고 그 버릇이 겔음이 되는것을 뒤에 늑기지안은것도 아니나 그쩨에는 그런것을 생각할 여지가업섯다。

할멈이 들온 사흘뒤엇다。사에쉬 편줌에 분주히 지버는데

『할멈이 나가니 돈 오십컨만 보내줘요』

하는 안해의 친화가왓다。나는 무슨 변이나 난나해쉬 그 리유를물엇드니

『할멈의 고모가 병나쉬 어뎐 온췬으로 가는데 집을 보아달란다나요。이틀이나 와

잇섯스니 한 오십킹줘야지요」

하는것이 안해의 리유설명이엇다。 나는 사의급사에게 돈 오십킹을 주어보내엇다。

「참 겨우 하나 어덧드니 그모양이 구려。 돈 오십킹 줬드니 떼배사례를 하겟지……」

안해는 만흔 돈이나 준듯이 다소 자랑비슷이 말하엿다。 이 순간 나도 일종의 쾌감을

바덧다。 거지에게 한푼이나 두푼주고 늑기는것가튼 쾌감을……하다가 사흘에 오십킹하고

다시 생각하는쌔 내가슴은 공연히 무거윗다。

◇

「사람 업슬쌔에는 몰으겟드니 잇다나가니 못견듸겟는데……아앗추어……호호」

추운날 아츰 숫에 불을 집히고 방에드러온 안해는 내 자리人속에 커즌손을 너흐면

쉬 말하엿다。

「셰종」먹다 「마시」먹기 괴롭다는 셍이로구려! 흥」

나는 일킈 사에서 「사람의 입이란 버릇하게 가는게야!」 하고 어연 친구가하든 이애

기를 생각하엿다。 안해는

「호호――어쉬 하나 쏘 어더와야 할텐데……」

하고 혼잣말처럼 뇌엿다。

그이튼날 식킨이엇다。 나는 동창에 비최인 아츰해人발을 보면쉬 그쳐 자리에 누엇는데

『날래 (어쉬) 들오!』

사투리 쓰는 이머니의 목쏘리가 마당에쉬 들렷다.

『오늘부터 오겟소?』

그것도 어머니의 목소리。

『오죠! 어듸 뎅겨와야겟스니 이다 커녁째에오죠』

쉬울비편네의 바라진 목소리。

『칩은데 방으로 들오! 들어와 담배뜨자시오』

어머니의목소리。

『팬찬어요。이제 갈걸 여기 안쏘』

하고 그는 마루에 안는듯하드니

『댁에는 식구가 쯕으니깐두루 오죠。한달에 사원 오원 준다는데도 잇긴잇지 만요……

쯕게밧고 몸편한데가 케일이지요』하는 말에 나는 그것이 「어떤」 후보자인줄 알엇다。

말人소리는 상스럽지안으나 사원 오원하고 자기는 이러케 갑잇다는듯이 은연중 들어

버는 자랑이 얄밉게 생각낫다。눈을 감고 듯든 나는 혼자 흥하고 코웃음을 치면쉬

『들오— 드러왓다가 아츰을 자시구 가우!』

어머니의 말이 끗나자 마루를 밟는 자최ㅅ소리와가티 안ㅅ방 미다지가 열렷다 다쳣다.

그날부터 그는 우리집 부억에서 드나들게 되엿다. 삽십이 훨신 넘엇스나 아직 삽십 왼후로박게 뵈지안코 갸름한몸에 태잇게 넘은 옷은 비록 검기는할망정 쉬들르지는 안 엇다. 그 이죽 얘죽하는 말솜씨라든지 싼길싼질한 이마는 어씻보면 부리 든 사람갓고 어씻보면 「밀쓔루ㅅ집」에서 달은 사람갓기도한데 이웃집 어멈이 오면 꼭 하게! 를 하면서 자기는 우리집 주인비슷한 태도와 표청을 짓는것이 처음부터 얄구칫 하게!

「여보 어멈인지 무엔지 공연히 쌔기만하고 든집만 쉬쉬 큰일인데……」

그후일주일이 되나마나해서 안해는 뇌이면서 쥔둥을 처다보앗다.

「왜?」

「몰라 왜 그러는지 가개에 가서 월 가쥐오라니쎠 창피스러쉬 누가 들고뎅기느냐? 고 하겟지! 위하니쎠 치야치로 라고……흥」

안해는 분개햇다. 하긴 우리집에서는 어멈을 어멈가티 취급치 안코 한집식구가티 음식도 가티먹고 잡도 어머니와가티 자고 반말도 하지안엇지만 그러타고 그러케야 셀수 야잇슬라구? 하다가 어멈을 추어주니 도로쳐 상놈의 자식으로 밋고 반말을 하든 실레가 생각나서 혼자 머리를 쇠덕거렷다.

「그런대루 더두어 봅시다. 그런대 어멈이 양반인가? 흥……」

하고 나는 조롱비슷한 미소를 씩엿다.

「양반이라오! 양반인데 쉬쓸이라나? 어케人밤에도 「넷날잘살쩨에는 집만해도 땅펑이 넘엇죠. 옷두 벌씩이 해두고 자개장롱 화류장롱에……언케 그런세상이 쓰 올렌?」 지하면서 참 희고 싱거워서……」

안해는 어멈의 말을 옴길쩨 어멈 비컷한표정에 목소리쌔지 그러케지엇다. 나는 코웃음을 흥 첫다. 알수업는 증오의넘이 스르르 떠올랏다.

그뒤로 「어멈」의 평판은 사방에서 들렷다. 더구나 이웃집 어멈들에 어떠케 교만을부렷는지 「누가 아나 시골상놈으로 쉬와서 머리싹고 잇스니 쉬방넘이지 그따위가 무슨 쉬방넘이야? 아씨두 그러치」하고 우리를 욕하드라는 말쌔지 이웃집 어멈의 입을 거처 쉬 들어왔다. 그런말이 들리는쩨마다.

「여보 그걸 내쫓읍시다. 그걸 그커 둬요」

하고 쒸엿다. 올타 그를 들이는것도 우리의 자유인것 만큼 그를 내쫓는것도 우리의자유이다. 하나 나는 그를얼는 쫓고는 십지안엇다. 물론 나를 욕하는것이 실키는 하지만 ……이러케 내가슴에는 막연한 생각이 소삿다. 둘안켜서 사내의손만 바라는 햇세하는집녀자들에서 사내라는 생활보장의 큰조건을 업새보라! 그가 취할사길은 매음녀? 뚜장이?

공장직공? 어멈?……그네들에 어찌 잘 사든째의 회상이 업스랴? 하지만 자기가 되는

딸은 생각지안코 가튼 처지에잇는 이우ㅅ집 어멈을 천대하고 혼자 써로라하니 그런심

ㅅ보가 잘산다면 누가 그압헤서 얼씬이나하랴? 이러케 생각하면 가긍하든 어멈이 몰

락하는 증산계급의 최후ㅅ지 부리는 얄미운근성의 표본가티 늣겨컷다。나는 이런 늣김

을 바드면 그게급의 몰락이 그리불쾌하지 안엇다。처험으로라도 한번 그러케식하고 십

헛다。

『그래서 쓰나? ·더두어보지』

나는 속으로 미우면서도 가장 점쟌은체 안해를 타일럿다。그리다가 내눈에도 아니쬐

은 어멈의 행동과 딸ㅅ대답이 여러번 씌인뒤로는 써보낸다는 안해의 말에 찬성外 지는

하지안어도 「생각대로 하구려」의 묵인은하 엿다。햇드니 한달이 못돼서 안해는 시게를잡

혀 월급삼원을 주어서 어멈을 써보냇다。나는 이말을듯고 시게를잡혀서 월급을주면서도

어멈을 부리려는 내생활에 코웃음을 던지지 안을수 업섯다。

그가 나간 이튼날아츰 우리집에서는 안해와 어머니가 실ㅅ색을 하엿다。그것은 어제

外지 잇든 어머니의 「가락지」와 안해의 「귀이개」가 업쓰진 外닭이엇섯다。

「어멈이 가쥐간게지? 내가 그년을 차쥐가 볼테야!」

안해의목소리는 분노와 절망에 떨렷다.

『이게 무슨소리야?·보지도 못하고 남을 의심해서 쓰나?』

나는 안해를 쑤지킷다。써만음에도 그 어멈이 의심스럽긴 햇지만 나는 애써 그 의

심을 풀려고하얏다。그를싸라갓다가 나지지 안으면 우리만 고한놈이 될것이요。또 그것

이 나진다하드라도 그쩨의 그어멈의 낫비치 어씻될까? 또 그것에 우리의 생명이 달

린것도 아닌데 그러케쎄지 할것은 업섯다。그러는것이 써마음에도 좀유쾌하얏다。

『여보 인젠 그놈의 어멈 그만둡시다。』

나는 명령이나 하는듯이 안해에게 말하면쉬 「그도 (어멈) 환경이 맨드러낸 병신이로구

나」하고 생각하다가

하든 어떤 학자의 말을 나로도 물으게 되엿다。

『무릇 사람의 의사는 생활人조건의 지배를밧는다』

◇   ◇

그후로는 일人주일이 넘도록 어멈을 두지안엇다。그럭귀럭 가을도 지나고 초겨울도지

낫다。아츰커녁 쌀々한바람에 창을 치든 이웃집들 포푸라나무넙은 다떠려지고 뷘가지만

하늘을 향하고 잇게되엿다。

급년겨울은 일기가 퍽 더워서 어듸서는 배쏫이 피엿고 어듸쉬는 개나리가 피엿다고

신문의 보도쓰지 잇도록 더우면쓰도 추운날도 가을에 말린 빨내도 이재해뒤야할

것이요 김장도 숭배는 내야 할판이다。 어먼문게는 또 일어낫다。

어떤날 나는 내가 넘원으로 잇는 「푸로레다리아 문화협회」의 월례회에 갓다가 좀느

커쉬 돌아오니

「여보 어멈하나 말햇는데 냉부럼 오기로햇소!」

하고 안해는 내눈치만 본다는듯이 말하엿다。 나는 늘 늑기는 바이이니와 박게나와쉬

사회적으로 어떠니~하는쪄면 바로 이십세기의 사람이나 집으로 돌아가면 십칠팔세기

ㅅ사람의 기분과감정의 지배를밧는다。

「그것도? 또 그모양이면 어떡하오?」

「안해요 이번것은 삼청동잇는 숙경의 어머니의 주선으로 된것인데 나히가 좀 졈어

쉬 그러치 퍽 수귀워 보이든데……」

안해는 아모쏘록 나의 동의를 어드려는 수작이엿다。

「나히 졈으면 왜 안됏쉬? 누가 멀하나?」

나는 의미잇는듯이 물으면쉬 벙긋웃엇다。

「응 실업슨소리!」

안해는 눈을 흘기고 그러나 웃으면쉬 나를보앗다。 나는 압집의 졈은 어멈이 밤사중

마다 출입이 자즈시다는것을 생각하고 웃엇드니 안해는 딴생각을 하엿는가?

『실업신! 여보 그래 입봅듸싸? 당신보담 어째? 허허』

나는 안해를 놀리면쉬 웃다가 누가찻는바람에 문스간으로 나가버렷다.

이른날부터 그어떰은 왓다.

그것이 지금 편지보낸 홍성녀엇다. 일홈은무엔지 성은홍가인데 금년에 스믈쎗이엇다.

그는 처음부터 어떰계급은 아니엇섯다. 구차한 집안에나서 열네인가 열셋에 역시 넉々

지못한 가정으로 시집을 갓다가 열아홉에 과부가되고 스믈한살에 홀로게시든 시어머니

마자 죽은뒤로 남의집 사리를 하게되엿다.

녀자키로는 중키가 되나마나한 키에 좀 똥々한 몸스집은 어울렷다 살스결이 부드럽

게보이고 힌것이라거나 안즐안지 거름거리의 고요한것은 간구한가성에서 길리기는 하엿

스나 교훈잇게 길린사람으로 보엿다. 어떤째면 응석비슷한 목소리하며 아직도 솜터리가

남은 이마하며 귀밋헤는 어린애다운 수꺼움이 홀럿다. 픽슷스럽게 귀여운맛이낫다. 그리

크지안은 좀 둥근눈과 조곰 아피들려서 우닛몸이 보이는 입스술가장자리며

병스쵝으로 힌코스잔등과 쌤새에는 고쵝한 침북이 사르르 흘르는것만은 보는사람에게

고쵝한 늑김을주엇다.

『이번 어떰은 어쩨?』

나는 안해에게 물엇다。

「조와요。무슨일이든지 식히지안어두 케쩔루 할뚝알고……그리고 사람도 퍽 재밋쒀요

말도 잘듯고」

안해는 입에 침엄시 칭찬이다。사람이란 남보담도 씨게잘하면 조타고하니쒀……그어멈

은 안해의 말人동무도 되엿다。안해는 커녁이면 그와가티 다드미 바느질을 하면쒀 재

밋게 속색이고는 웃엇다。어머니는 어듸나갓든 딸이나 돌아온듯이 그것을기쓰게보앗다。

그 어멈이 들온지도 보름이 넘어쒀 어떤 추운날밤이엿다。나는 신문을 보는데겨테쒀

어린애를 재이든 안해는

「여보 어멈이 앨 뱃대! 흐흐」

하고 무슨 허물스된일이나 본듯이 나즉히 웃엇다。

「응 앨뱃다니?」

나도 미상불 호기심이 낫다。열아홉에 과부가 돼쒀 홀로 잇다는 어멈이 애 뱃다는

말을 듯는 써머리에는 이상한 그림자가 언듯하엿다。

「지금 다섯人달머리를 잡는다나? 그래쒀 낫빗이그러튼게야! 밤도 잘먹지안코……」

안해는 모든 의심을 인케야 풀엇다는 어조엇다。안해의 말을 돌으면 그가 금년人봄

어성청(御成町)어떤 려관집 어멈으로 잇슬쎄 그려관에쒀 심부름하든 사십갓가운 산애

가잇섯다。그는(사버)어멈이 들어가든 날부터 어멈에게 퍽 고맙게하엿다 그는(어멈)넷날에 돌

아간 아버지 생각썼지낫섯다。그러다가 한달뒤에 주인마님이 드려다보게도 못하든 자기

방으로 부르드니 김쉬방(사십갓가운 심부름人군)하고 가티 지버라고하기에 어멈은 대

답도못하고 나치 밝애쉬 군성대는 가슴으로 나와버렷다。그뒤부터 김쉬방은 마나님과 가

티 못견듸게 졸랏다。그것이 청음에는 붓그럽드니 나종은 그리 붓그러운줄도 몰으겠고

쏘 김쉬방이 고맙게 구는것을 생각한다거나 주인마나님이「네가 그러운줄만 되면 너는편

하다 김쉬방은 커금한돈도 멋백원 잇는 사람이니 어쉬 내말을 들어라」하는바람에 솔

리다가 넷날 쉬방님 생각을하면 그만슴흐기만해쉬 주커거렷다。며칠뒤 어떤날人밤 어

멈은 바위돌에나 눌리는듯한 감각에 곤한잠을 쌔여보니 그것은 김쉬방이엇다。그뒤로는

한방에쉬 잡자게 되엿다。이러케 된뒤로는 김쉬방의 래도는 일변하엿다。이뒤은 어멈이

부억에쉬 무거운일을하면 김쉬방이 쏘차와쉬 도와주엇는데 부부가 된뒤부터 커는(김쉬

방)상쉰이나 된듯이 체할일쏘지 비편네(어멈)를 식혓다。비편네가 뭐라고하면 쩨리기

일수엿고 비편네가 한달에 삼원밧는 월급쏘지 쎄쉬쉬 술을먹고 곤드래먼드래하드니 느

전녀름 어떤날 그려관 손님의 돈사십원인가를 훔처가지고 도망질햇다。그리하여 애쑤진

비편네쏘지 주인 마나님에게 공모자로 걸려들어 경찰쉬쏘지 구경하고 려관에쉬 쫏겨나

쉬 다른집에 잇다가 우리집으로 왓는데 김쉬방과 가티잇는동안에 그의 핏떵어리가 배

ㅅ속에서 자리를 잡게되엇다。 메쓰지 설명한안해는

『그런 이야기를하면쉬「넷날 쉬방님이 사라게섯드면」하면쉬 울겟지! 참가엽쉬쉬…』

하고 한숨짓는 안해의 낫흔 흐리엇다。듯고보니 어머의신상은 버일가티 가엽섯다。이

순간 나는 려관 마나님과 김쉬방이 미웟다。버 가슴에쉬는 일人종의 의분이 쌀엇다。

로력을 쌔앗다가 피人싸지 쌀려는 게급, 청조싸지 유린을하고도 부족이 되여쉬 매싸지

머는 그러한 게급에더한 반항적 의분에 버 가슴은 쇠르르킨기를 밧는듯하엿다。

『그래두 김쉬방을 생각하든데……그 못된놈을…』

안해는 혼자人말처럼 뇌엿다。

『뭬라구? 보구십다구?』

썰려나오는 버말人속에는 「그셨늠이 뭘 보구퍼―」하는뜻이 품어잇섯다。

『아니 보구는 안십대!생각하면 분해 죽겟대요……그러면쉬도 그가 어듸가 붓잡혀쉬

악형이나 밧지안나 하는생각이 커두몰으게 각금나쉬 가슴이 득꼼ㅆㅆ!하며요 인정이란…』

안해의 목소리는 잠기엇섯다。

돈은 그 아름다운 인정싸지쌔앗는다。 돈? 돈! 돈! 천하를움직일만한 돈으로도

못살, 사서는 안뵐이청이엇만 오늘날은돈에 쌔앗기고야만다。이러케 생각하니 어머이더욱

가증스러웠다。나는 어머이라는 경게선을 뒤여쉬 버 안해나 버 누이처럼 나와가장 가

서운 사람처럼 늦겨지엇다 이러케되면 남의 일이안니라。나는 내아페어머님이잇

스면 그를 셔안어머고 위로해 줄만침 흥분이 되엇섯다。

꿀어올랏든 흥분이 고요히 갈안즌뒤 비관에눈뜨는 내리셩은 지식게급인체하고 가만히

안커서 그 모든것을 청관하는 내래도가 얄미운 동시에 그러케 생각하면서도 그런사람

(어머님) 울부리는것이 죄송스러웟다。나는 어찟하야 이런것 커런것 다 집어치이고 그런

무리에 뛰여들어가서 그네들과함께 울고 웃지못하는가? 나는 이 갈스등에 마음이 괴

로웟다。

안해의 말을 들은뒤로부러 매일 눈아페 얼씬거리는「어머님」이 무심하게 보이지 안엇

다。햇속한 그나레 그윽히 어리인 고독한침묵은 속절업시 보낸 청춘을 물소럼이 돌아

다 보는듯도하고 아직도 먼압ㅅ길을 두려워 하는듯도 하엿다。

알고보니 똥똥해서 그린듯이 늦겨지는 그 베ㅅ속에서 나날이 팔닥어리는 생명!

그새로운 생명은 장차 어떠한 운명을 질머지고 파란만흔 이세상으로 뛰어나오랴나?

◆

며칠ㅅ뒤엿다。

도셔관으로 돌아나온 나는 식구들과함께 커녁ㅅ상을 대하엿다。

「장조림은 고양이 (猫) 가머은줄 알엇드니 어머님이집어 먹엇쉬……」

안해는 장조림을집어 입에너으면서 말하엿다.

『입버릇은 덜 조려라』

어머니도 어먼의 무슨 허물을 보앗든가?

『왜? 입버릇이 어째?』

나는 안해를 보앗다.

『맛잇는것은 제가 몬저 맛을 보니까 말이지요! 허는수업서……오늘 아츰에 조리는 장조림한개가 업기에 불어보앗드니 머뭇거리겠지……그래 「자네 그게 무슨짓인가? 나으리도 아직 잡숫지 안은것을』 하고 말했드니 나치 쌜애서……』

안해의 말이 씃나기도킨에 어머니는

『그뿐아니라 맛난것은 그리먹지두 안으면서 다 맛보더라 못된버릇장머리지!』

하면서 불패한듯이 나비출 흐리엇다.

『사람 허물업는 사람이 잇나? 다 한가지 허물은 가지고 잇지』

나는 그런것은 문케도 안된다는 어조로 말하엿다. 어찟지 그 「어먼」에게 허믈잇다는

『그야 그러치만 음식에 그러니씨 그리지―』

것이 듯기에 그리 조치안엇다.

안해의 어조는 아모리해도 수궁할사수업다는듯이 울렷다.

『먹구푸니까 그러치 여보! 당신 생각을 해보구려! 지금애배서 다섯달머리니싸 먹

구푼것이 퍽만흘거요。게다가 철써지엇스니 당신가트면 지금 살구가 먹구십네 월 귤

이 먹구십구말구 야단일텐데……하하하』

『먹구십구말구……지금 한창 그런쩨다』

어머니도 써말에 공명이엇다。

『누가 그러찬타나? 도쩍질해먹으니그러치!』 안해는 그 커 히기시발을 들人수 업다는

어쪼엇다。

나는 이순간 이말하는 안해가 얄미웟다。

『그래두 커만 올타지! 흥 사람이란 케 생각을하고 남의 생각을 해야하는거야!』

『그래 그것이 (도쩍하는것) 올탄말이요?』

안해의 말은 좀 겨하엿다?

『불론 몰래먹은것은 잘못이지만 그러타고 그것하나를가자고 못된것이니 고약한것이니

해쉬쓰나?』

써말은 가장人쩍 (家長的) 의 훈게가티 나왓다。

『그래 누가 멀햇소? 내가 어멈을 요햇소 흥욕햇드면 큰일날썬햇너ー 별울 다 보겠

당』

안해의 딸에 나는 안해를 다시 최다보앗다。 안해의 붉은 쌤은 흥분에 더욱 붉엇다。

「뭐 어쯧고 어째? 별쯫? 왜 사람이 첨ㅅ버르쟁이가 쥐모양이야? 그꼴 보기실흐

면 갈읽이지…」

「가라면 가지 흥 시…」

안해의 가는눈에 스르르 돌돈 이슬은 드되어 눈물이되야 한방울 두방울。 그 무릅에

쉬 엄마의 졋을 만치든 어린것도 임을 벌룩벌룩。 나는 밤먹든 술가락을 핵던지고 마

루로 뛰여나왓다。 황혼비 치흐르는마루로 뛰여나온 나는 마루스기둥에 기대여서서 별들이

하나둘 눈쯧는차되한울 을처다보앗다。 일업는일에 감정을 이르켜서 이러니쥐러니한것을

생각하면 나로도 웃우웠고 녀자해방론자 (女子解放論者) 로는 남에게 빠지지 안을만치

떠드는나로서 쩨로는 가장적 (家長的) 관념에 지배되야 안해에게 물인격적 언사 쓰는것을

생각하면 일人종 환멸비슷한 공허와가티 치미는 붓그러움을 억케치못하엿다。 언제나

이갈스등에서 완쳔히 풀리나?

이러케 버외간을 가리엇든 검은구름은 그밤이 깁기쩐에 어린것의 웃음에 밀려버리고

버외는 다시 웃는나트로 대하엿다。

「여보 참말「어먼」보고 잘못하는 일이 잇드라도 봄시말마우 웅」

강화조약이 쳐질되자마자 그자리에서 나는 인청잇시 말했다。

「그럼요! 우리끼리 이얘기지 어멈보고야 월하오!」 안해도 조케 더답하엿다.

「사람의 마음이란 이상해요. 누가 말리면 더하구섶흔것인데…… 어멈만하드라도 그게 배곱하쉬 장조림을 먹엇겟소? 그게 우리가 먹으쉬쒀별것가티 보여쉬 더먹구시펏을쎄 요. 맛업는것이라도 먹지말어라먹지말어라 하고 주지안으면 먹는 사람은 늘먹으니 평범 하지만 못먹는 사람은 더구나 그것이 신비롭고 맛잇게 보이는걸 으떡하오……허허」

나는 설교나하는듯이 느려놋왓다.

「그러나 커러나 큰일이다. 커을 (겨울) 은 되고 몸은 컴々 무거울렌데 몸시부릴수 수도 업고……」

어머니는 겨러쉬 우리의 이얘기를 듯다가 혼자 걱정처럼 말하엿다.

「글세요. 그것도 걱정인데…… 커게 집에쉬 배쐇지 니케되면큰일이 아니요?」

「내 생각가래쉬는 또 써보내는게 상책이겟다」 어머니의 의견이다. 의견은 올흔 안해도 따라걱정이다.
것이다. 약한 몸에 배만 불러도 걱정이겟는데 게다가날은 컴々 추어오지 일은 심하지 그리다가병이나 나면 우리가 부리기는커영 도로혀 우리가 부리이게 될것이요 그러타 고 우리가 뜻々한 구들에안커쉬 츄운겨울에 그것을 써쏘흘수수도 업는일이라 나는

이순간 산킨 산후의 안해의 그림자가 언뜻생각낫섯다.

「그러치만 내보내면 어디로 가나? 이추운 겨을에 뉘집에서 그런몸을 바들리가 잇

나?」

이러케 말한 나는 「내안해도 내가 업고보면 커지경이 되지안을가?」하는 생각에 가

슴이 쌔근해서 안해를 다시 쳐다 보앗다.

「글세요 싹한데……그런줄 (애벤줄) 알면쇠는 나가랄수도업고……」

안해도 난처한 모양이엇다.

「암 몸비지안은것을 어떠케 쏫나? 어듸 그대로 뒤봅시다. 차츰어떡하든지!」

쳔연스럽게 하는 내말은 귀치안케 더 생각지 말자는 말이엇다. 아조 두자는 몽의는

아니엇다. 사실문케가안되는것은 아니엇다.

◇

그뒤로 내 가슴에는 어떤처치의 문케가간간히 떠올랏스나 그쌔문에 어떤에게 대한호

감은 스럽지 안엇다. 어느컴으로보아 몸 용납할곳이 업는 그가 더욱측은하 엿다. 케몸

우에 어떤 구름이 흐르는지도 몰으고 의연히 부엌에서 들락날락하는 그의운명이 쌔로

는한심하게 늑겨지엇다.

이러구려 지내는데 십이월중순이되엇다. 고향잇는이모(어머니의 아우)에게쇠 어머니에

게편지가 왓는데 사연인즉

『가을부터 려관을 하는데 부릴만한 사람이 마땅찬어서 걱정이되는중 들은즉 쉬울은

남의집 사는 사람이 만타하니 착실한 녀자하나를 어더보내라』

하는것이엇다.

『나케 편지 읽는것을 어멈이 듯드니 케가 가겟다구 하는구나!』

어머니는 버 동의를 어드려는듯이 나를보앗다.

『그몸을 가지고 거기가서 어더케 할라구?』 내가 이러케말하니까 겨러잇든 안해가

『응 케가벌쉬 그말쌰지 하든데……거기 (시골) 는 물쌰두 쌰구 집人쎄두 쌰다니 애

롤 낫케되면 케게 잇는돈으로 집을 어더가지고 나켓노라구……여보 보냅시다』하고

말하엿다.

『어멈이 웬돈잇나?』

『모아둔것이 한 십여원 된다나ー 남 쑤여준것까지 바드면 십오환은 넘는대요. 흥…

…그거면 시골쉬 한달은 더살렌데……』

나는 푼人이어든돈을 그러케 모은 어멈이 착실하게도생각되고 우리네에게는 한쩨 술

人갑도 못되는것을 그러케하능가티 밋는 그네가 불쌍도하고 방종한 우리네 생활이 죄

송스럽기도 하엿다.

『여보 보냅시다. 거기가면 먹기도 잘하고 다달이 돈십원씩은 바들렌데……』

「그래볼外!」

나는 안해의 말에 칠분은 승락햇다. 이러는것어 일거량득이다 어멈으로 보아서도 여

긔잇는것보다 나을것이고 나도 순후한 이모스댁으로 보버는것이 집을 벗는듯도 하엿다. 여

그러나 모다 북관이라면 알지도 못하고 험악한 산스골인가해서 아범늘도 질겁을 텅텅

하는고도로 땩당이 가겟다는 어멈의 심경이 가긍하기도하엿다.

「그러나 거기 (시꼴) 선늘 애밴줄 알면 걱정하기쉽지?」

나는 남에게쪄지 집지이기가 미안하엿다.

「굴세! 그러면 편지나해볼外?」

일스주일이 못돼서 시꼴 이모스게서 편지가왓는데 애를 배도 상관업스니 오겟다고만

하면 곳 로자를 보낸다는뜻이엇다. 이편지를본어머니는

「그년 (시꼴이모—어머니의아우) 키가 늙으막에 자식이 업서서 하나 어더 키엇스면

키엇스면하드니 어멈애가 욕심나는게지!」

하고 웃엇다. 상반의 관렴이 별로 업는 우리시꼴서는 그것이 허물스될것은 업섯다.

「그래 가실레요」

나는 어멈에게 억지로 존경어를 쓰는것이 아니라 누구를 해라하고 부려보지 못하고

자라나서 자연 그러케말이 나갓다. 내 안해는 앞 (南道) 스사람인것만침 쪄로는 어멈에

게 반말을 하는때 그것도 악의가 아니요 머슴부리든 습관으로쒸엇다.

『보내주시면 가겟쎄요』

어멈은 어려웁게 공순히 더답하면쒸 고요히 웃엇다.

『그러면 가쎄요. 로자 보내라구 편지할터니……거기 가시면 예보다는 낫죠』

나는 그곳 로자보내라는 편지를 썼다. 엔만하면 내가 로자를 쥐보내야 이모에게도 대점이요 어멈에게도 생색이겟는데 하는 미안한 걱정을 하면쒸……

「어멈」떠날날은 다달엇다. 그것은 뜻뜻하든 친주일어떤날이엇다.

나는 그날 어멈의 짐을 동여주기위해쒸 사에쒸 좀 일즉이 나왓다. 쉬여주엇다는 돈 바드려 돌아단니든 어멈은 겨오 이십사킨인가를 바더가지고 늦게야 돌아와쉬

『사원돈이나 못밧게 돼요. 업다고 안주니 어쩜니꺼』

하고 올듯이 어머니에게 하소하엿다. 그돈도 쎄는 사람이잇냐? 모다 그쌀이다 하면 쉬나는 혼자 웃엇다. 안해는 과자와 과일을 사다가 어멈의 집에 너허주엇다.

『아이그……』

어멈은 너머도 반갑고 죄송스럽다는 표정으로 한마듸 가늘게 뇌이드니 힘업는 두눈 에 눈물이 핑그르르 돌앗다. 그눈물은 무엇을 말하는가?

『자 인케 갑시다』

밤 아홉시가 지나쉬 큰 짐은 어멈이 이고 적은짐은 내가들고 우리집을 나섯다。

『마넘 안녕이 게세요!』

어멈의 목소리는 떨럿다。

『응 잘가거라。가쉬 몸성히 잘잇거라』

『아씨 안녕이 게쉬요。애기 병낫거든 곳 편지해주세요』어두어 보이지는 안으나 어멈의 쌤에 눈물이 스치는가? 그목소리는 확실이 눈물에 저켯섯다。

컴々한 화동골목을 헤커어 컨등이 환한 안동네거리에 나쉬자 마자 내두억게는 나로도 몰으게 커지는것가닷다。지금 막와쉬 추로리를 돌려논 컨차 운컨대에 올러쉬는째 내눈은 내가든 헌보따리를 쉬렵게 보앗다。옥양목 치마커고리의 어멈! 허출한 두루막에 고무신 신은 나! 겐둥이 센둥이 셜렁셜렁하게 뚤인 보따리를 이고 끼고한 이 두사람은남의집사사리를 하다가 쫏겨가는 내외간갓다。나는 케삼자로쉬 이런 그림자를 보는째는 그것이 불상하드니 내가 그모양으로 남의 눈에 씨이고 보니 모든사람의 시선이 아니쑵고 내자신이채피나 보는듯이 불쾌하엿다。

『뭐 별소리 다하지 그러케 보이면 어떤가? 내가 못할일인가?』

나는 혼자 속으로 이러케 쒜릐면쉬도 커편에서 나를 흘끔〈 커다보는 사람들의 시선을 바로 볼수수 업섯다。

어멈과 나는 종로일人 정목에서 룡산행을 갈아타게되엿다。킨등은 한층 더빗나고 사람

의 눈이 만흔데 나오니 어멈과 나새이에 가리인 장벽은 버 의식우에 더욱 뚜렷이

나타낫다。나는 애써 이감정을 케어하랴하엿스나 뱃속에서부터 쓰고나온 관념의 힘은

참으로컷다。

신룡산행킨차는 찬거리에 처량한 음향을 일으키면서 슥ㅡ와다엇다。킨등이 휘황한 차

人속에는 솔로 트레머리를 가린 녀성들이 칠팔인이나 탓다。새이새이 끼인 쌀쑴한 신

사들도 이밤 버눈에는 무심히 보이지안엇다。나는 킨가르면 의주통을 탈것도 룡산행의

그차를 탓슬것이다。억음우에서도 봄날가티 보이는것은 젊은 게집의 얘다 킨차人속에도

그비가만흐면 킨차까지 부들부들이보여서 폭신한 혈자리우에 봄날이 비치는듯 무조건하

고 조흣것이다。버 리성(理性)은 이것을 비웃지만 버감정은 이것을 승인한다。버가슴

은 군성군성하다가 「어멈」하는 생각이떠올을쎄 버발은 떨어지지 안엇다。비오고난뒤이라

벗어노앗든검은 두루막에 고무신을 신고 어멈과가티 올으면 누구든지 나를 어멈의 쒸

방가티보지나 안을까? 양복에 구두를 신엇드면하는 후회도 이순간 업지안엇다。

킨차는 어느새 겹을을 버렷다。다라나는 킨차人뒤를 물그럼이 보든 나는 스스로 나

오는 찬웃음을 금치못하엿다。

다음와다 은것은 의주룡행이다。 이번은 꼭탄다든 결人심도 또 흔들렷다。 차속은 또 색
씨판이다。 이날人밤은 색씨가 별로 눈에 띄엇다。 쬔차싸지 빈청거리는것가태서 견틸人수
업섯다。

이바람에 ㅆ도 쬔차를 노첫다。

『안타씨요?』

쬔차가 걸음을 내는쩨 어멈은 지리한듯이 물엇다。 모든환멸이 지나가는쩨 고막을 울
리는 어멈의 소리는 무슨항의가티들렷다。

『댐차를 탑시다。 누구룰 기다리는데……』 이러케 거짓말을할쩨 나는 코人잔등이 간줄
거렷다。 종로경찰쉬 시게대의 시침은 급하여오는 차人시간을 가라첫다。 나는 이리다가
기차를 노치면 어쒸나하는 걱정쌔지 안을人수 업섯다。

룡산행은 와다엇다。 다행이 녀자의 그림자가 보이지 안엇다。 사내들만 탓스니 쬔가트
면쌀속한 수라장가티 보엿슬 쬔차엇만 이쩨 내게는 은신처가티 조왓다。

『탑시다』

나는 쒸여올랏다。 엽헤신 보따리를 운쬔대에 노코 다시 어멈의 집을 바더노흔후 어
멈압쉬서 차실로 들어갓다。 칠분이나 개엿든 내 기분은 다시 흐리엇다。

『어 어듸가나?』

하고 내손을 잡는것은 엇떤신문사에 잇는 김군이엇다。 바로 그넙헤는 모던걸 두분이

안젓다。

「응 자네 오래간만일세! 집에잇든 어멈이 떠나는데 친송일세……」

어멈에게 힐긋 준눈을 다시 모던걸에게 흘긋 스치면쉬 나는 긋소리를 여럿이 들으

라는듯이 눕혓다。

「어멈 배행일세그려—」

김군은 웃엇다。

「그러타네! 흥」

뇌이고보니 내소리는 처음부터 나로도 몰으게 일종의 변명이엇섯다。 또 자랑이엇다。 어

빈정대는듯이 크게질은 내소리속에는 「나는 이러케 관후하로라。」「나는상컨이요 귀는 어

멈이니 오해를말라」 하는 변명의 냄새가몰신하는것을 나는 늣겻다。 나는 엇재 그러케 대

답하엿슬가 어멈이 어멈이아녀요 탁찰른 머리에 모자를 눌리쓰고 웃둑한 구두에 양장을

지르른 미인이엇드면 내태도는 어떠하엿슬가? 오오 나는 쏘 망녕을 부혓구나! 어멈과

가타란것이 무슨치명상이 되는가? 방약무인의 태도로쎄틔고 안즌 귀 양장미인이며 모

든 사람의 눈을 어려운듯이 피하야 한구퉁이에 황송스럽게선 귀 어멈과 사람으로쎄야

다마찬가지가 아닌가? 그가 교육을 바덧다면 그런교육은 무엇에 쓰는것인가? 활동사진

—(90)—

파 소설에서 배운 가지각색의 웃음과 몸짓으로 청조를팔아 한세상의 영화를 누리려는

별조아의지식게급의 녀성보다 체험을 닞쳐지 쟁기삽는 어엄이 오히려 사람의 사람이 아닌

가? 또 녀자신은그보다 나흔것이 무엇인가? 뜻々한방에서 배불리 먹으면서 어엄케도

철페를부르면서도 어엄을 부리지 안는가? 허위이다 가면이다 내가그를 동청하고 그를

측은이 보고 그의 집을들고 그를친송한다는것은 모다 허위이요 랄이 안이엇든가? 만일

그것이 허위가 아니요 랄이 아니라하드라도 그동청 그 측은은 내가 그와가튼 처지에

서 케일가티바드는것이 아니요 인력거우에서 료리에 불은배를 만치면서 친차에 치인거지

를 보는째 일으키는것가튼 동청이요 측은이 아니엇든가? 곡 그리치는 안엇다하드라도

그에게 대한 동청이니 측은이니 한것은 미쪅지근하엿든것임시 분명하지안은가?

『그러면 너는 커런 어멈이라도 안해삼께를 사양치안을테냐?』

나는 다시 속으로 나에게 불엇다. 나는 또대답에 궁하엿다. 궁하엿다는것보다 얄밉게

도 그질문을 벗을만한 변명을 생각하엿다.

나는 친차가 청거장 청유장에 다을째싸지 내 가슴人속에 새로 움이트는 새사상과

아직도 봉건젹관렴의 지배를 밧는 감정과의 갈스등을 풀려면서도 못풀엇다.

청거장으로 들어갓다.

삼등대합실 펜취 한머리에 어멈을 안쳐노코 나는 차표도 사고 짐을 부친후 이리커

리 건일먼쉬 군성때는 군중을 보앗다。 온세게의 축도를 보는것갓다 잘넙은이 못넙은이

우는이 웃는이、 흰사람、 각인각양의 모양은 한입으로 다 말할수 업스리만치

복잡하엿다。

한구퉁이 쌘취에 거취업시 안준 「어먼」은 억게를 푹더레드리고 힙업는 눈으로 이

모든 인생극을 고요히 보고 잇다。 찬란한 친기ㅅ불아래 햇쓱한 그나테는 슯흔 빗도

보이지 안코 깃븐 빗도 어리지 안엇다。무어라 형용할수 업는 빗ー마치 자기의 운

명을 임의달관한후에 공허를 늑기는 사람의 나테서볼수 잇는것가튼 구름이 엷게건너

갓다。 축 취진 언개、힙업는 두눈、두무릅에 던진손、소곳한 머리는 어듸로 보는지 활기

가 업섯다。

그의 머리ㅅ속에는 어떠한 생각의 거미줄이 얼키엇는가? 알지도 못하는 사람의 편

지 한장에 몸을 맥기려는 하낫젊은 녀자! 그의눈아페는 그가밤을 산설고 물설은 고

듸 어쩐 그림자로 떠올랏는가? 그가 평생 닛지못할 남편、열네살부터 열아홉까지 하

둘인가 성인가 밋고 그품에 안겨쉬 왼갓 괴롬을 하소하든 그 남편 고생이 닥치면

닥칠수록 생각나는 남편의 무덤을 뒤두고가는 가슴이 어찌 고요한불ㅅ결가트랴? 남의

떨어쉬 인케는 모든 감정이 마비되엿는가? 눈이 어려워쉬 몸부림을 못하는가? 살ㅗ

쉬리아래 뻣가튼 그의 압ㅅ길을 생각하니 컴ㅅ한 청루홍등의 푸른 입ㅅ술이 써올으고

장마쩨 본 한강의 시체도 떠올은다。 이순간 그를 보내는것이 써립하엿다。나는 버리

익만을 위해쉬 그를 보내는것이 써립하엿다。그리타고 그를 둘수도 업는 사정이다。

오오 세상은 어째 이러한가? 남을살리려면 내가회생해야하고 내가 살려면 남을 회생

해야하는것이 사람이 밥을바른길인가? 시간이 되자 나는 입장권을 사가지고 개찰구를

버쉬나쉬 어멈을 **차에** 태엇다。

『쉬방넘 안녕히 게십이요』

내가차에쉬 쒸여버릴쩨 어멈은 차창으로 써다보면쉬 떨리는 소리로 공손히 말하엿다。

『비 원산에버러쉬 아츰먹구 배를 타시우』

나는 다시금 당부를하면쉬 그를 보다가 그가 **치마스**자락으로 눈가리는것을 보니 가

슴이 스르르 풀려쉬 터돌아다 보지안코 나와버렷다。

그뒤로 일쉬주일이 **지낫다。**

며칠쉬뒤에 쏘다른 어멈을 어터왓다。다른 어멈을 엇기쩐에는 떠나간 어멈의 이얘기

가 종종 잇섯다。안해가 손수 부엌일을 하는쩨에는 반듯이 떠나간 어멈의 이얘기가 나왓

다。그리다가 다른 어멈이 들온뒤로는 떠나간 그어멈의 이얘기가업다십히 되엇다。지금

생각하니 그것도 은연중 우리의 리익으로써 생각한 것이엇다。안해가 손수 부엌일할쩨

에만 떠나간 어멈을 생각하엿스니 말이다。

그런판에 이엽써를 바덧다。

소리업시 슴여드는 황혼비츤 모든것을 흐리는데 나는킨등 스위치 틀생각도 하지안코

지나간 모든생각의 충게를 한충게 두충게 밥어올랏다。밥으면 밥을수록 그어멈의 신상

이 가궁하엿고 내 태도가 너머나 몰인졍한것가티 늑겨지엇다。더구나 오늘날까지도 그

에게 상쥔의 대졉을 밧는다는것이 퍽 불안하엿다。나로써는 분에넘치는 일가탯다。

그러케 모든 기억을 밥어올으다가 막다른 페지——그어멈을 차에 안치고 내가 뛰여

버리든 막다른 기억에 일으러써는 내감졍은 더욱 흔들렷다。

『차가 떠나가는째 어멈은 울든데……』

나는 혼자人말처럼 뇌엿다。이째 옥양목 치마人자락으로 눈을 가리든 그 그림자——

혈人단신 녀자의 몸으로 머나먼길을 갑업시 밥는 어멈의 그림자가 내눈아페 떠올랏다

『예쉬도 울든데……』

겨러써 써나들 보든 안해는 말하엿다。

『예쉬도 울엇나?』

『그럼요? 「아씨 안녕이 게쉬요」하고 내손을 꼭 잡는째 목이 메여써 다시 말을못

하든데……』

안해도 그쌔의 기억이 떠올으나보다。그의 목소리는 떠올으는 꿈을 꾸면써 뇌이는 잠

쇠대가티 고요히 갈안젓섯다.

나는 안해를 다시 쳐다보앗다. 안해의 운명! 내운명! 아니 모든 우리의 운명도

그 어멈의 운명과 가튼길을 밟을것가티 늑겨지엇다. 그와가튼 운명의 길을 밟는째 지

금의 나와가튼 중간게급이상게급의 발스길에 짓밟히는 나를 그려본다는것보다는 그려여

지엇다. 나는 은연중 주먹이 쥐여젓다.

『오오 그녀 (어멈) 의 세상이 되여야 일만 사람의 고통이 한사람의 영화와 박귀일

것이다』

하고 나는 혼자 분개햇다. 동시에 나는 그런것을 늑기면서도 그 리상을 실행하도록

힘을 쓰는최하면서도 머리스속에 주판을 가지고잇는 우리의 게급의 말로가――그 자개

장롱 화류장롱의 살림을하다가 어멈되엿다든 그 어멈의 말로가티 늑겨쳐서 얄밉고 쏘

어서 그러케 되여서 오늘의 『어멈게급』 라 박귀게되야 가진 설움을 맛보게 될것이 유

쾌하 게도 생각컷다.

『진지 잡수서요!』

어멈의 소리에 나는 일어서면쉬

『진지 잡수서요』

하는 어멈을 다시보앗다.

『오오 그대들이어! 그대들은 세상을 락관하라! 삶을 사랑하라! 겨울은 지나간다。

봄비치 이케 차즈리니 한강의 얼음과 북한산의 눈이 녹는것을 반듯이 볼것이다』 어멈

을 보는 내가슴에는 이려한 생각이 돌앗다。 동시에 나는 나로도 몰을 굿센힘을 늣

쳣다。

—(끗)—

昭和六年五月十一日 印刷
昭和六年五月十五日 發行

◇紅　焰

定價金三十錢
（郵稅二錢）

版權所有

著作兼
發行人　京城新橋洞三〇

崔　鶴　松

印刷人　京城黃金町三丁目二五一

韓　東　秀

印刷所　京城黃金町三丁目二五一

大盛堂印刷合資會社

總發行所　京城堅志洞二十二番地

三千里社

振替京城四二八・四番

CLASSICO

Part of Cow & Bridge Publishing Co.
Web site : www.cafe.naver.com/sowadari
3ga-302, 6-21, 40th St., Guwolro, Namgu, Incheon, #402-848 South Korea
Telephone 0505-719-7787 Facsimile 0505-719-7788 Email sowadari@naver.com

紅　焔

Published by Cow & Bridge Publishing Co.
First original edition published by Samcheonlisa, Korea
This recovering edition published by Cow & Bridge Publishing Co. Korea
2016 © Cow & Bridge Publishing Co. all rights reserved.

초판본 홍염 1931년 삼천리사 오리지널 디자인(복원본)

지은이 최서해(최학송) **｜ 디자인** Edward Evans Graphic Centre

1판 1쇄 2016년 8월 15일 **｜ 발행인** 김동근 **｜ 발행처** 도서출판 소와다리

주소 인천시 남구 구월로 40번길 6-21 제302호

대표전화 0505-719-7787 **｜ 팩스** 0505-719-7788 **｜ 출판등록** 제2011-000015호

이메일 sowadari@naver.com

ISBN 978-89-98046-75-0 (04810)